把你
交给时间

IN
SEARCH OF
THE
LOST TIME

陶立夏———著

湖南文艺出版社
HUNAN LITERATURE AND ART PUBLISHING HOUSE

博集天卷
CS-BOOKY

In Search of the Lost Time

把你交给时间

Contents
目 录

序
时间过去了，我们谁也没有留在原地等候

Chapter 1

当思念震耳欲聋　　001

Chapter 2

我路过的风景里，你最美

Chapter 3

爱有太多种面目　125

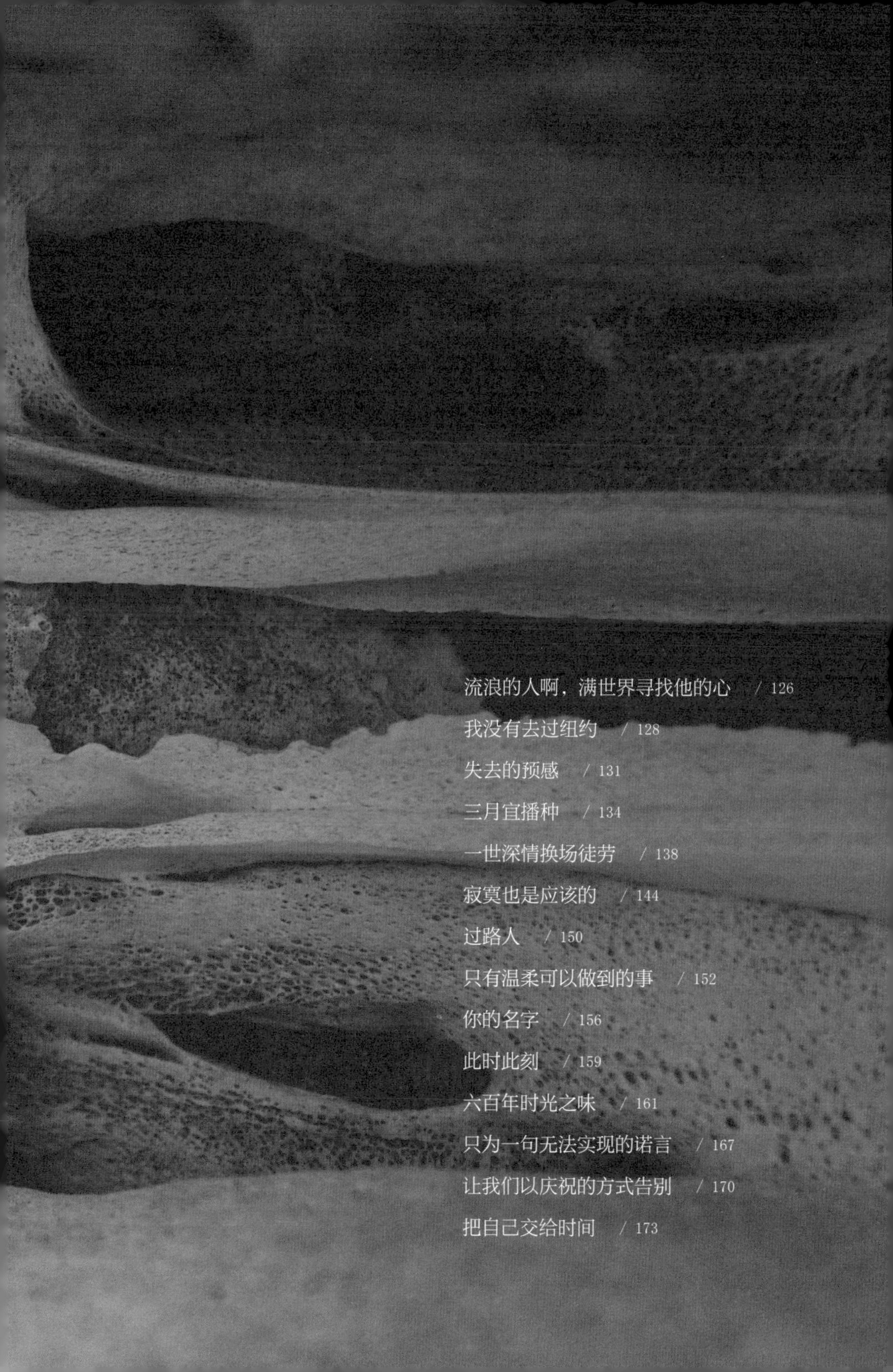

Chapter 4

各自坚守，各自自由   189

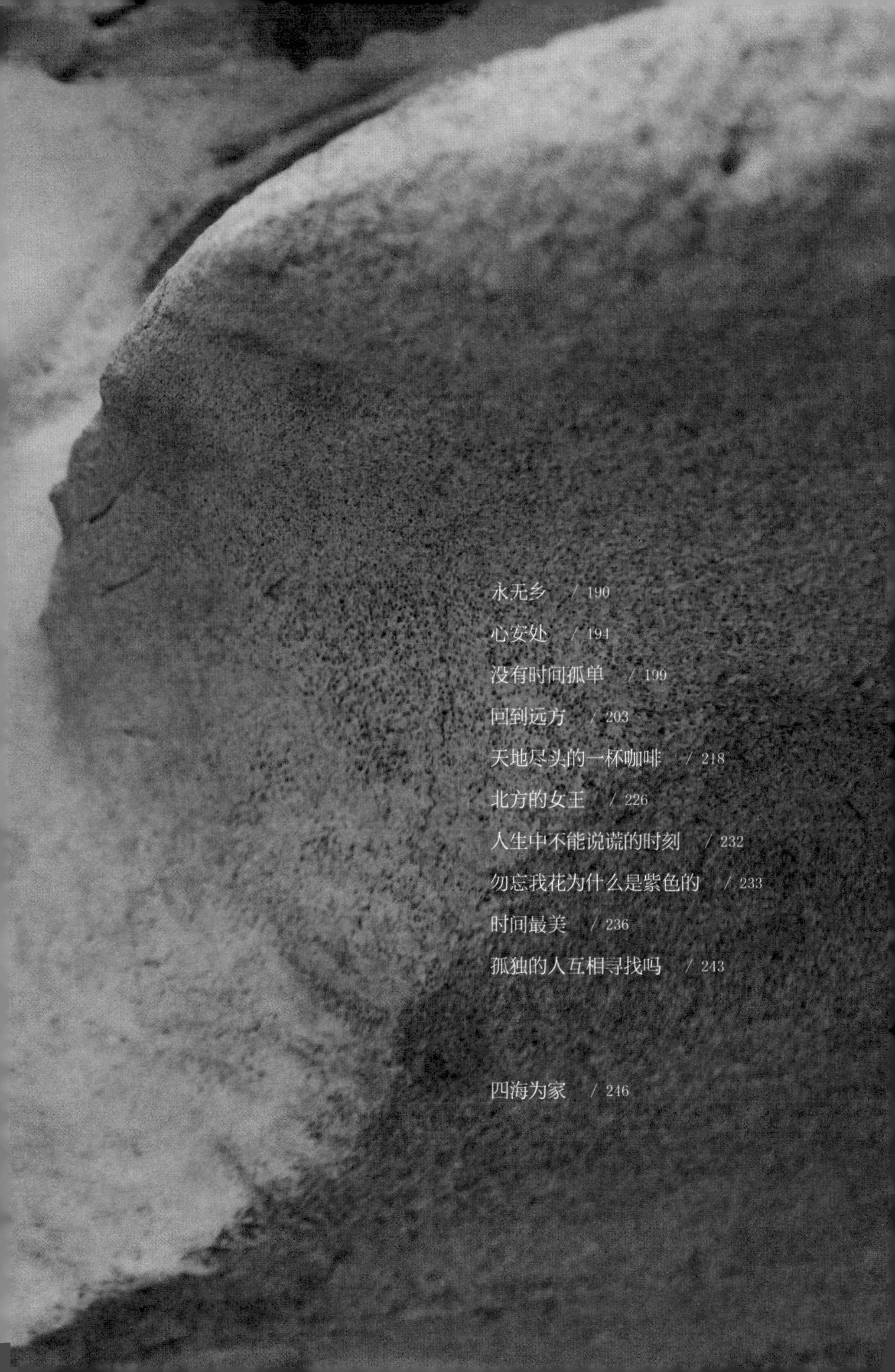

/序

时间过去了，
我们谁也没有留在原地等候

///

编辑发来散文集的封面样稿时，我正收拾行李去机场。你们最早读到的这篇文字，我最后完成。就像我翻译书的时候，常常从最后一章开始。看书也总是先读书的最后一页，即便是侦探小说也无所谓。仿佛为着获取某种保证，我是从结局出发的，再没有迷路的可能。

或许你和我一样，在意的从来不是故事的结尾，而是这故事究竟怎样被书写。所以，你陪了我一路，来到这里，一个新的故事的开头同时也是它的结尾。

大约就是去年的这个时候，远行前在微信开始了名为350 odd days的计划。这一年里，大家读着我的文字陪我去了三次苏格兰、两次伦敦，还有丹麦、法罗群岛、冰岛、意大利、迪拜、库克群岛、关岛和日本。

350 odd days计划结束的时候，我又在旅行。独自飞过日期变更线，飞过一个深夜一个清晨。因为雷暴天气滞留芝加哥机场的下午，在书店里

1

找到一本*The English Patient*。想起很多人会在微信留言问为何没有更新，所以费尽周折用3G信号发了一张模糊的舷窗。大家祝我儿童节快乐的消息随即蜂拥而至，其实我还留在五月的最后一天，等待着航班起飞的消息。延误从半个小时延长到一个小时，然后是两个小时……

深夜终于到酒店。深夜的泡面，很多很多带消毒剂味道的毛巾，性能品牌各不相同的电熨斗，一样的白衬衫，就是我早已习惯的酒店生活。有时候电熨斗有电源线，有时候没有。有时候我觉得自己无牵无挂，有时候非常想家。但我总是想不起来，自己为什么要来这里，为什么走这么远……

因为时差早早醒来，拉开窗帘看见远处的山脉依旧有积雪。夏天已经来了，空气里是雪松的味道，很像我喜欢的一支蜡烛。更严谨来说，是那支蜡烛很好地偷学到了雪松的呼吸。我系紧睡袍腰带，给自己煮茶，然后熨衬衫。我这么爱流浪是因为回不去一个人的身边吧。

什么都是生活给的，但仅仅是全盘照收就是最辛苦的事。为着逃避，曾经久久不肯回家，有一次经过长途飞行之后到家已经很晚，就摸黑泡了杯茶，第二天起来发现，茶叶是霉的。那年朋友从英国回来在我家暂住。她惊讶地发现冰箱里都是各种过期的罐头和饮料，调味料也是一样。不同年份的报刊杂志混在一起。

这些年姿态渐渐洒脱，不再那么急切，但依旧总是在寻找陌生的、更广阔的水域，期望在陌生感中获得短暂平静。无奈却总像是酒桌上那个醉得最晚，却又醒得太早的人。

旅行就像是从一间因为暖气太足而缺氧的房间走到寒冷但空气新鲜的室外，异乡人的身份让我更加明显地看清自己的状态，无论是性格中的不成熟之处，还是对生活日益稳健的把控力：即便不被所有人理解，但我确实在按自己想要的方式走下去。

照片与文字里看来精彩纷呈的旅途其实也可以是孤独的，甚至因为离开了熟悉的生活环境而比日常更孤独。这一路上孤独是常态，也是一种清醒剂和催化剂，如果要写作或者专注地做一件事，你必须独处，或者将周围的杂音屏蔽。

说来惭愧，我是因为无知才走上写作这条路的。开始以为写作是最私密的事，却不知道事实恰恰相反，它是无边无际、无可预计的面对。写作只要自己开心就好，这话是对的。写作不能只任凭自己喜欢，囿于自身标准，这话也是对的。写与读不过都是唯心而已。但我既然开始了这场对话，就有留下来聆听的必要。听你们在我的故事里构建起了怎样的属于你们的城市荒野河流宇宙。

渐渐意识到，我要走的路或许比我原本隐约感觉到的要更远。这一路我明白天地有大美，人心存幽微，这些都值得敬畏。"幸福感这种东西，会沉在悲哀的河底，隐隐发光，仿佛砂金。"经常用太宰治的话宽慰自己。

我也明白了不能分享的美好，就是最深的海。我想，即便是这样，也要在他人看不到的地方，好好地生活下去。

你总说自己不被了解，但又有什么需要被了解呢。人生中那些来来去去，多少是知交，又有多少是美好误解，谁又说得清楚。不如静下来想一想：我们给了彼此多少的时间，够不够用来煮热一杯茶？

我们用了多少时间抵达季节的边缘？

我们又用了多少时间等待一座冰山融化？我们远赴重洋，义无反顾，因为世界太广大我们太渺小，我们可以掌握与支配的时间总是不够。在我们无计可施的空间与时间的无尽汪洋里，我们曾一同置身于同一朵浪花。我们来这个世界不是被迫走个过场的，我们经历过，也改变了一些事。

一瞬里可以有一生，那些电光石火与刹那也可以在时间里牵扯成拖延的对峙。时间过去了，我们谁也没有在原地等候。这就是关于时间和耐心的全部真相。

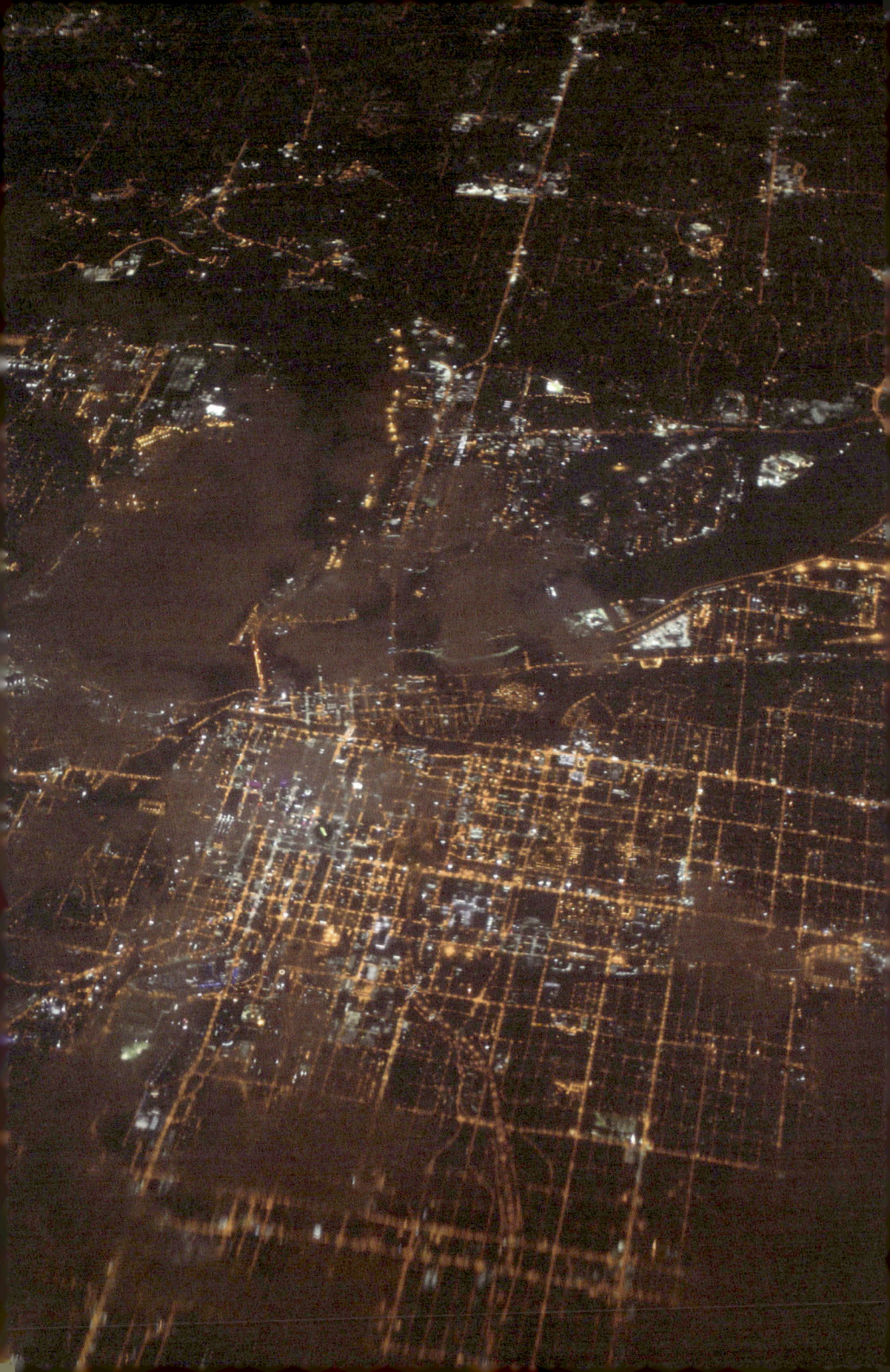

///

你是我拂晓时分做的一场梦，天光亮起前就要散了。

Chapter 1

当思念震耳欲聋

.

故事的结局

///

凌晨的伦敦。我在希思罗机场等我的航班。赶早班机的人们，黑色
的大衣、米色的风衣、条纹的西装……身上各种沐浴露和古龙水的
味道。去连锁咖啡馆买咖啡，侍应生给了只浅灰色的纸杯，是你喜
欢的颜色。

日光渐渐亮起来，北方冬季的阳光，因为短暂所以无所保留，亮得
让人睁不开眼睛。人群影影绰绰的，像梦境。

"我现在出门了。"你发来消息说。

我想象你开车经过住所附近的街道，在一个寒冷的午后，和以往太
多的日子一样，驶过熙熙攘攘的人群。市井噪声像突然打开的收音
机里传来的沙沙声，将你包围。这想象是一场如此遥远又接近的目

送，我听见众生寂静的喧哗。

像一句很老的歌词："本应属于你的心，它依然护紧我胸口。"

在爱中的人，会耽于想象，想象着他的生活正如写作者构思一部小说，为他挑选场景、描画心境，怎样的表情搭配怎样适宜的天气。他抬起头来，那个美丽的侧面，连光线都要刚刚好。他与人说话，是什么语气，谈论什么主题。他走过长巷，看见一枝花，停了停。你让他在这样的景象里，想起你。动用的，是写作者的权利。书中人回眸，你心跳快了一拍，暗自欢喜。

我站在我们故事的开头，似站在浓雾的边沿。你的身影隐约，如树如山。

若爱只是想象，那你会是我的虚构吗？

随身带着一本讲俳句的书，偶尔翻看。诸多文学形式中，我最喜欢俳句与五绝，人生中那些幽微但也绵长的东西，用简洁的词汇毫不犹豫地表达出来。准确是种美，平仄的节奏是另一种享受。王朝旧事、家长里短，通通干脆利落地终结，但静默中有余响。是内心那面海下的冰山轻晃。这比欲言又止更得我心。

曾与你站在同一片黑暗中躲雨，你的呼吸在耳后。

我想起Margaret Atwood（玛格丽特·阿特伍德）的诗：

I would like to be the air that inhabits you for a moment only.

I would like to be that unnoticed and that necessary.

我愿化作空气供你片刻栖身，不被觉察却被需要。

分别的时候，低头看见你的鞋尖有雨迹。看到这些浅浅印迹，就看见了你走过的那些路，看过的那些景致。我们其实是可以在瞬间交换所有的身世。语言在此时反而喧哗徒劳，我看着你，知道了词不达意四个字究竟怎么写。

"你在想些什么？"我惯常的沉默有时让你担心。

我在想，暮春花园里向晚的味道为什么这么让我感觉害怕。是因为即将到来的黑夜吗？这个问题要到我们不再见面我才能找到答案，此刻我和你并肩站在疑惑里。夜色正要将我们包围。

"爱，是对离别的预感。"

我在想，世界乏善，但你这么美。你大概不知道。我也不会告诉你。情最难久，性自有常。不如让我们对自身的好坏都无知无觉，做个无情的任性之人。

"我又何尝不想设计自己的命运呢？但仅凭这点任性是撑不过余生的。"与你熟悉之后，我这样解释自己在人前的拘谨。从曾经的肆意到如今的退让，其间的转折，恰恰也是不能清楚细致写下来的。你可以说我是不愿意，但这次，我是真的不能够。

"我也要出发了。"我给你发消息说。拿起简单的行李向登机口走去。

Chapter 1
当思念震耳欲聋

无衣

///

《诗经》里有很多至今流传甚广的诗，如《采薇》《子衿》《黍离》，音律与意境都有无法超越的美。我最偏爱的一首，叫《无衣》。不是以慷慨激昂闻名的《秦风·无衣》，而是因篇幅短小、诗意不明而争议颇多的《唐风·无衣》：

> 岂曰无衣？七兮。不如子之衣，安且吉兮？
> 岂曰无衣？六兮。不如子之衣，安且燠兮？

一说七、六指的是七章之衣与六节之衣，皆为诸侯常服，典出晋武公请求周王封他为诸侯，希望可以得到七章之衣。

但也有人说这只是附会，七与六都是虚词，是数量多的意思。只是一个诗人在怀念自己早已亡故的妻子：怎么说我没有衣服穿呢？明明有七件之多。只是每一件都不如你缝制的，那么舒适好看。怎么说我没有衣服穿呢？明明有六件之多。只是每一件都不如你缝制的，那么合身温暖。

岂曰无衣？不如子之衣。就是另一种曾经沧海。我默默念着这首《无衣》，降落在北方的高地。

飞机降落前，看见了远方积雪的群山，让我想起北冰洋的波涛中鲸鱼若隐若现的脊背。还有你的头发，思考的时候，你偶尔会将苍白的手指埋在发间，打乱它们微微起伏的纹路。

那一刻我如此想念你。

风笛的鸣奏随风飘荡，紫色的苔原与墨绿色密林相接，积雪因缓慢的融化而呈现温柔的曲线，覆盖了山脉嶙峋的棱角。我在这样的景色里想起你。

在心底，明白是你让我觉得，这个世界上，还有值得珍惜的景致。我或许会厌倦这地平线与其上的一切，但我会永远眷恋你眼中的小小宇宙。

想象着你的笑容，突然觉得这些年我仿佛是从虚无里走过来的，大概记错了自己的名字。

如果说有人能够抚慰我的痛楚，为我的疑问提供过简洁精确的解答，那就是你。我想我最初只是着迷于你看待与描述这个世界的方式，抹去成见、洞察本质，构建语句、拂尽旁枝。几乎是用你的目光重新为这个世界命名。

那是我永远学不会的专注的温柔。

飞机经过群山与海岸线，降落。地平线呼啸着靠近。苏格兰高地灰紫色的寒冷空气带着海水的暖。都市带给我们的荒凉感，在置身荒野中时，反而愈加明显。文明的、整齐的、匆忙的城市，像一只光洁的盒子，让寻求遮蔽与慰藉的人四处碰壁。而无人的、广袤的、壮阔的荒野，却如一个敞开的怀抱。

我曾问你，城市给我们的荒凉感与时间给我们每个人的荒凉感，又有何不同？你并没有立即答我，只是微笑。后来你说："有一天你看向镜子的时候，就会明白。"尽管一早知晓，但人对自己的改变和衰老，依旧带着疑虑和震惊。这两种荒凉感之间，是呼求不应与挽回无力的区别。

你说，急剧流逝的时间有其柔韧不可违逆的力量，将生活的齿轮张紧，夜半醒来有溺水般的慌张。我们坠入夜色一样的深海，那是时间的迷宫。

"你是我在拂晓时分做的一场梦，天光亮起前就要散了。"你说。

那些真正发生过的事，或许不在这世上，而在我们的内心。人心里的事多么像地下的河流，见不得天日却仍要向更深更暗处去。

没有互相成全这件事。你来度我，我们遇到一个人，像前行的路上遇到一艘船，一座桥，经过去往终局。你挥手作别，敦促我原本流连的脚步向前，因为再无原地踯躅的借口。

Chapter 1
当思念震耳欲聋

无明最苦

///

我曾在网络上提问：你最喜欢的单词是哪个？我最喜欢的是 inspire：启示，启发，赋予灵感。像划一根火柴，点亮满天的烟花。后来我问你这个问题，你说你最喜欢的不是单词，是一个汉字：认。

它代表关联，明辨与接受。

认，拆开来看是"言人"，一个说话的人。他与这个世界相认，辨认出万物的名字，并认识到自己生命终不可更改与避免的轨迹。

"我能在千万人之中，认出你来。我在千万人之中，认出了你。"

有时我思索语言之间的联系，如同研究不同的心灵之间无损耗与误解地沟通的可能。万物有灵。但这个"灵"该怎么翻译才确切呢？不仅仅是spirit那么单纯，还有其他连带的，关乎智慧与技艺，又超越这两者的存在。

你说，大概可以说是sth in the blood，在血液里的、与生俱来的东西，某种知觉的能力。

我在相识那刻就知道故事的结局，因为我是讲故事的人。故事的脉络与旁枝就是我血液里的东西。一种超脱常理与理性的、自由知觉的存在。当我终于走向故事的终点，有种唤醒前世记忆般的似曾相识感，但不过是走完长长来路，看见了开头就已知晓的结局。人们常说相见恨晚，可想一想，我们在时间里其实渺小得连微尘都不如，各种错过又何止千万？就该明白，但凡能遇见都算是早的。

威尼斯的夜晚，潮水涨到广场上，烛光倒映在水里。那个长发披肩演奏大提琴的女子，闭着眼睛。我一直等，一直等，直到看见她夜色里依旧碧绿的眼珠。

深夜经过梵蒂冈，让司机在路边稍等，我去广场站一会儿。转身的时候，我听见转向灯轻轻的咔嗒声。

此刻梵蒂冈人潮散尽，情侣在风里亲吻。所有争斗、流言也已止息。只有上帝在天堂垂眸守护这个世界。站在广场中央远眺圣彼得大教堂的灯光。我想，我是最没资格嘲笑你的人，因为我曾和你一样觊觎不属于自己的东西。

次日，我再次抵达佛罗伦萨。

有没有和你说起过？在我更年轻的时候，喜欢过一个男人，彼时他同样年轻，一无所有，暑期也要打工，因此无法陪我旅行。我在佛罗伦萨那些中世纪建造起来的描画着天使和圣徒的古老建筑下，给他写明信片，对他说：我想在佛罗伦萨终老，你要不要一起？

看过佛罗伦萨的黄昏，会更明白但丁的爱情。稍纵即逝的片刻里，有一万年那么久的缠绵无尽。但我们什么都留不住，只是经过了，懂得了，无望地守着一颗心等时间过去。所以明白的人比混沌的人可怜。看不透的人也有痛楚，更像隔着皮肉的钝痛，看透的人的痛，锋利如刀，刺进心肺。

在售卖封蜡、信纸、蘸水笔与墨水的老牌文具店里，想起这句话：
There is nothing to write. All you do is to sit down at a typewriter

and bleed（写作没什么决窍，你不过是坐在打字机前流血）。这话是海明威说的，用透明玻璃笔杆蘸深红墨水写出来，更像以心血换文字。

如今我又回到这座城市，同样是夏天，他自然依旧没有陪我，他早已不在我身边。偶尔会联络我，问起近况，说在书店看见我的书，或是看见我的文章。从陌生到吸引，由熟悉到亲密，是一个奇妙而甜蜜的过程，像建造一座房子，每一点进步都带着喜悦。而从亲密到疏远，却并不那么简单就能退回到陌生的地步，即便违背了的愿望，转变了的心意，以及不再重叠没有分享的生活，让我们成为陌生人，但共同的回忆就像我们脱不下的旧衣服。

我在佛罗伦萨老城堂皇而曲折的巷子里回头，看见紫藤花在飘落。发现衰老不是那么遥远的事，一个人不知不觉间就着手去做了。

时间是最深的沼泽，等得越久，陷得越深。

我们并不编排一切，我们不过是实践自己的预言。

Chapter 1
当思念震耳欲聋

盲

///

我曾是个即刻就可感觉满足的人，一转身就是背对，那些不快乐的事通通都叫作"无所谓"。一杯茶，一束光，一句话，一枚花瓣，一块被冲上岸的珊瑚都是安慰。但现在我不再是这样，仿佛胸口有个空洞，怎样都填不满。因为孜孜以求的那些事物，那个人，我想要永久保留。

我开始害怕离别。

我开始缩短远行的期限。

我开始在远方的小机场里偷偷哭泣。

为什么我们期盼的那么多，愿意了解的却如此少？我问过你那么多问题，只有这一个你没有回答我。你只是在等待的人群中轻轻握住我的手，然后在绿灯亮起的刹那放开。

好像必须走这么远才有资格说：我想念你。你却说：隔得这么远的想念是不作数的，我想你留在我身边。

距离开始像海水一样漫溢，它漫过机舱的地板、我的脚踝、安全带、桌板……它一直漫到我的胸口，某个瞬间我无法呼吸，紧紧攥着薄毯，向窗外陌生的地平线投去与其说是求救不如说是放弃的一瞥。

距离太重了，我抬不起手来。

机长告知当地时间与天气。起落架摩擦机场跑道，机舱灯亮起。乘务长感谢你选择此次航班，祝你愉快。

走下哥本哈根博物馆的台阶，明黄色的墙壁上画着雕塑家将那些作品自罗马运回故土的经过。往下走的每一步都能感觉距离的重量，时间像暴雨一样砸下来，我在北欧初夏的灿烂阳光里，觉得什么都看不清楚了。

我像一个失去视觉的人，只能用其他感官去分辨异国他乡的琐碎事物里隐藏的线索。穿过阳台的，凉的风。熟透的西瓜沙一样的质地。大西洋没有咸腥味的海水味。淡的咖啡、浓的咖啡、滚烫的咖啡、冷掉的咖啡⋯⋯

你曾说，我是个会让老师头痛的学生，太多探求太少提问。

我只是觉得，面对你尚无力理解的事物，保持沉默也是好的。比如，我无法定义我们之间的关系。

命运让我们遇见，时间让我们分离。我知道，总有一天这关怀会成为打扰。那么，就让我沉默。

Chapter 1

当思念震耳欲聋

这是一年中最好的时候

///

大雨天。昨晚摘来插在瓶中的茶花一夜之间满开。原来它比我害怕光阴虚掷。你若问起，我会答最最开心的时光不过是：心中无事，意中有人。

这是一年中最好的时候，日与夜交替，字与句相互找到。季节和人真的不同。再冷再长的冬天，你等一等，花就开了，春天如约再临。

因为我并不擅长告别，所以从不轻易打破沉默。直到我站在你的面前，感觉如此忐忑、彷徨，又仿佛无所不能，就像站在我要写的故事的第一行。

"有一天我会出现在你的书里吧。我会更喜欢你故事里的那个自己。"你说。

这句话的分量，胜过千千万万句"我爱你"。

那些迟到的人或许永远不会来了。但又有什么关系，怀着希望等啊等，也是一辈子。王尔德说：Devotion seemed to me, seems to me still, a wonderful thing.（赤诚对我来说是件美妙的事，时至今日依旧如此。）

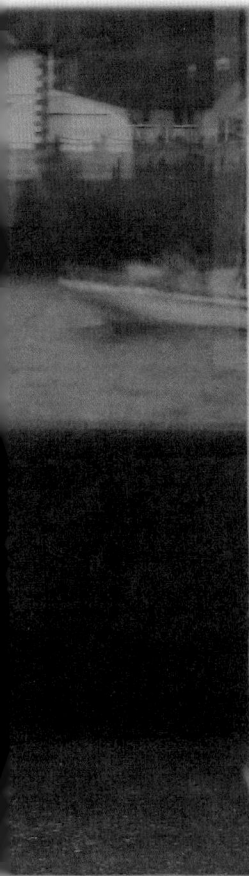

爱是分正误的

///

我是因为你，得以穿越这黑暗的。

如果没有遇见过你，我的人生会是怎样？会是一样孤独，还是会有另一个人经过，短暂照亮，然后我们各自退回各自的轨迹，重回平静？

你为什么不叫我等你？你也曾这样问过我。

但爱你的人早已在那里，而且会一直在。即便他负手而立，你也知道他在等你。至于不爱的、爱过的，只能随他去。挽留是一个徒劳的手势，像去捕捉一只振翅欲飞的鸟。在你启程之前，你就已经离开了。

那些看似毫无缘由的深情的确让人感动，感动于它近乎纯粹的天真和近乎愚昧的盲目。但它真的一无所求吗？还是我们想要自我蒙蔽？你可以嘲笑我的偏执。我怀疑一切，和其他人一样带着关心推断说，这或许是我无法获得幸福的原因。没有关系。我们都有看待这个世界的角度，以及探寻其背后逻辑的方式。我不要活在假装的直觉里，那是沸乱与缠缚。偷懒的借口。

我要的爱是清醒之后依旧心甘情愿。我孤单这么久，是有原因的。内敛的深情，掌握太好的分寸，在旁人看来都是深不可测的冷漠吧。

是以，你的直接曾让我诧异又羡慕，这样的直接坦然或许只有那些没有遇过挫折与伤害的人才能保留，并不咄咄逼人，却依旧锋利。

"你的所有拒绝都带着善意的借口。"你曾这样说。不亮刀锋的残忍，你或许想说的是这句。

这世界上有太多束缚我们的事，我不需要另一个牢笼。之所有会有执念这词，是因为动念的那刻就有偏执的危险。人心就是如此脆弱。我相信人，但我不相信他们的心。

爱使人自由。这是彻头彻尾的谎言。爱中的思念与想念，因用情至深而密实坚韧如网。敬畏爱的伟大并知晓它的局限才是自由。

生活山高水阔，我喜欢我们各自坚守，并各自自由。

假如你忘记

///

据说，大约两亿年以后，大洋洲北移，与亚洲和北美洲合为一体，而南极大陆也早已北上。板块构造力量将所有的大陆合为一体。这意味着这个地球上只有一个大陆，也只有一片海洋。到了那个时候，只要你一直走，就能凭借双腿去往梦想之地，找到那个你要寻找的人。

我们所在的土地，就是世界的中心，真的就像汪洋里的一滴眼泪。

到那时候，这片大陆的中央将是漫漫沙漠，因为它太过广阔，风将无法将海洋上的潮湿水汽带到这里。而在气候适宜的地方，青苔经过进化之后直接长成灌木或树林，森林里的鸟儿被鱼类所取代——各种各样美丽缤纷的鱼类摆动着翅膀在森林里飞翔。

但是板块运动永远不会停止，短暂的平静之后，大陆之间的陆地受到挤压，形成巨大的山脉。新的山脉甚至超越了现在的喜马拉雅山。频繁的火山活动最终导致全球性的灾难——又一次大灭绝。结束，然后一切重来。

倘若物质真的永恒，假使细胞真的有记忆，而它们幸运地把握住生命体得以形成那千亿分之一的机会，那么，我们的故事就可以重新开始。就像我少女时代最爱的故事的结尾：

在英格兰乡间的林荫路上，瞎了的罗切斯特微微侧一侧头，说："是你吗，简，真是你？"

Chapter 1

当思念震耳欲聋

通往瀑布的路

///

在雷克雅未克市区住了一星期以后，我又搬去距离那里一小时车程的海湾。房子正对着一小面湖，过去一点是座退潮时可以涉浅滩到达的小岛。

岛的对岸则是连绵雪山。

去小岛捡海带的时候，发现黑色砺石中间可以捡到许多白色的石英，因海水的冲刷状若轻巧的小动物骨骸。偶尔还有海胆，但要赶在海鸟发现之前下手。

晚上八点，月亮在山那边冉冉升起，照亮山顶的雪。极光开始在北斗星下面舞动，与雪光一齐映在落地窗外的池塘里。跳跃的绿光，像晕开的烟花，但是那样轻，又那样静，不闪也不吵闹，只是静静

Chapter 1
当思念震耳欲聋

在星光下漫延。消散又聚拢，黯淡复又闪亮。是一场静默但壮丽的演出，好像有个心意迟迟无法决定的画家，一再更改自己的草稿。

相比较，不远处的雪山显得如此沉静，有种近乎冷酷的无动于衷。但其实这些面无表情的雪山间都是飓风，只是它们山顶的积雪如此完美无瑕，让你愿意相信这平静的假象。

牢记退潮的时间、勉强记住那些雪山的轮廓、对每夜降临的极光不再惊讶，大概需要一个礼拜的时间。

晴好的天气也会出门看风景，从这里往东北方向再开车一个小时，经过一处开阔的峡湾后，就是冰岛最高的瀑布Glymur（格莱姆瀑布）。

这个世界上有很多无论看多少次都觉无限欢愉又毫无缘由的东西，比如彩虹、流星、地热，以及瀑布。关于瀑布，黑泽明说得比李白含蓄："瀑布来自高处，源头之水皆平静，到此成激流。"

就像，我遇到你，生命转弯，平静的河水不顾一切奔向未知的悬崖。你曾问我："在你眼里，世界上最美的东西是什么？"我答："开花的树，你的笑。"于是你笑了，我伸出手去，用指尖轻轻描你的眉梢。

驱车到山脚，又爬了很久的山，到最后一个山谷时却发现通往瀑布的木桥因为冬天的到来而被移除了。隔着峡谷倾听遥远的水声，然后坐下来喝杯热茶，啃完一只在山泉里洗过的苹果。

回去的路上经过一个微型的瀑布，兴致勃勃地顺着流水走下峡湾，黑色的浅滩里都是搁浅的水母，捞起来握在手里，冷得刺骨，真像一颗颗柔软的冰。

病榻上的卡佛写下了最后一首诗，收录在他最后一本作品集 *A New Path to the Waterfall*（《通往瀑布的新小径》）中：

> And did you get what you wanted from this life, even so?
> I did.
> And what did you want?
> To call myself beloved, to feel myself beloved on the earth.

> 即便如此，你得到一生所求了吗？
> 我得到过。
> 你渴求什么？
> 自认被爱，并感受来自尘世的爱意。

我想，一生渴求爱并保持这激情或许是可能的，犹如火柴的燃烧或者流星的经过。但我更希望拥有的是怡然享受平静甚至平淡的能力。听着瀑布水声却满足于无缘得见的遗憾。

往事的冰山

///

在我还小的时候，很认真地喜欢过一个男孩子。但人的感情总是从自我出发，所以深情有时不过因为偏执。如今回头看去，比较确切的感觉是：不落忍。那么努力而无用，那样棱角分明，就像孩子眼里的世界，黑与白不可转换。

有年冬天去看他，他逃了课带我出去玩。路边的护城河结了冰，我说："我要砸一下冰。"他说："好啊。"然后看着我捡了颗很沉的石块朝河面扔去。石块砸在冰上，发出钝钝的叩击声，顺冰面传远了，留一道白色痕迹。

"这么厚的冰！"从小在南方长大的我惊讶极了。"对啊！"他只是笑，等我拍拍手跟他走。

后来我在冰岛的冰川湖边捡冰块，北极燕鸥在筑巢，碎裂的冰川如幽灵船碰撞着漂向大海，发出轰隆隆的巨响。然后我听见了，那年冬天，我扔出石块之后冰面传来的那声中空的钝响。

是过往所有的伤心和遗憾，它们呼唤回响，最终化作水下的冰山，承载着我如今的潇洒姿态。

这场涉及时间与真心的游戏，从没有人拿到过好牌吧。我的秘诀就是要尽量输得好看。

我希望有人保佑你

///

我喜欢简单的事物，纯正通透。
我喜欢复杂的事物，曲折迷离。

有个女孩子在新书分享会结束的时候送了我一束花，路边小贩经常
兜售的那种干花，小小的，用黄色牛皮纸包住。我一直将这束花放
在书架上的玻璃花瓶里，后来那些干花因为时间太久开始散落，我
也没有丢弃。

还有小女生们在签售会上塞给我或是由出版社转交的书信、字条，
写着零零碎碎的心情和赞美。"再不堪的人，也会有人喜欢的。"
我说。

你伸出手来，轻轻触碰那束干花："不是所有人都配得上他们获得

的爱，你是这个意思吗？"

"不，我想说的是，爱之所以伟大，盲目也是其中一个原因。"

"有那么多读者喜欢你，会因此觉得开心吗？""或许吧。"我回答。

我给不出确切的答案，因为我未必是他们喜欢的那个我，那个他们在书中读过我写下的字句后在脑海中塑造出的那个人。我们不会知道别人眼中的世界是什么样子的，我也不会知道他们喜欢的我是什么样子。

但喜欢是多么珍贵的情感啊，如果我觉得开心，也是因为我的文字给了他们一个寄托，我体会到被理解、被懂得的欣慰。

所以我喜欢你。

推荐了新版的《英国病人》之后，有读者给我留言："我不信上帝，但我希望有人保佑你。"

爱与信仰或许都是这样简单的事，以一个愿望的方式存在。很多复

In Search of the Lost Time

把你交给时间

杂的事，有简单的内核。

书中，麦多克斯是个容易被忘记的角色，一个在沙漠里读《安娜·卡列尼娜》的地理学家。是他告诉"英国病人"艾尔麦西，人喉咙下方那个小小的凹陷叫作vascular sizood（胸骨上切迹）。他在认识艾尔麦西十年之后才问："你喜欢那个月亮吗？"他们最后一次分手，麦多克斯将所有地图和指南针都留给了艾尔麦西，只带走了最心爱的那本托尔斯泰。他用老派的方式与艾尔麦西告别："愿上帝保佑你平安。"艾尔麦西一边转身离开一边答："根本没有上帝。"但在内心深处，艾尔麦西知道，自己曾多么依赖他的平静、他解释世界的方式。

"我不信上帝，但我希望有人保佑你。"

稿纸铺满一桌，吃饭写字都是同一张桌子，经过一段日子，稿纸就不知不觉染上茶渍油迹。我以为，冬天最适合写书。因为够冷。好的故事，都是无情的人写给有心的人读。你得等心凉透了再开始动笔。越写越觉得，感情看似丰富，实则荒凉。在得到之前，你要先放弃一切。生活看来荒凉，却有你意想不到的丰富：按时提醒自己吃药，买今年的第一件毛衣，第一次从衣橱里拿出薄毯。独自面对季节的变化也有很多细节需要照料。这样的季节很容易牵挂起远方的故人，不知他们那里气温如何，空中是否已有雁飞过。

冬天的不足之处是容易觉得饿。书上说，有种鱼叫懒妇鱼。就是现在的江豚，用它的油点灯，若照纺纱劳作，很暗，照宴饮作乐，就很亮。所以又叫馋灯。又懒又馋，多么理想的人生。但现实是，我赶了一个又一个的稿，完成了几个采访。好在出版社的编辑很体谅，所有的采访都改以邮件的方式进行。

刚开始拿相机的时候，记得使用说明书里有一句警告，大意是不要将镜头直接对准太阳，强光会造成视网膜损伤。心里偷偷想：但那光，就是我想要追寻的东西啊。后来发现，那个隔在拍摄者与世界中间的镜头，才是我想要的。那是一种最好的防护，就像外科医生的手术袍。

所以出生在初夏的我越来越偏爱寒冷的冬天：冬天简单。穿长大衣低头匆匆赶路，戴手套与一切保持距离。所有的要求、期待、满足都不过为了一个字：暖。

不过人，还是冷一点的好。这世界欲望太多，满眼繁华，爱憎汹涌，我喜欢冷静清淡的人。与他们因性格投契而成为知交的过程，就像是看着暗渐渐亮起来。

张爱玲的《异乡记》中有这样一个场景，很有意思：

女人歪着头问：你猜我今天早上吃了些什么？男人道：是甜的还是咸的？女人想了一想道：淡的。

陶渊明在《停云》里如此说人与人之间的关联：安得促席，说彼平生……岂无他人，念子实多。愿言不获，抱恨如何！

我们时常在彼此生命里缺席，又在相遇时因太局促而词不达意。其实不过想淡淡地说这一句：我希望你好。

天鹅的荆棘衣

///

采访中时常有个问题，问起对我产生影响的作品。书是一本本看的，喜欢不喜欢，读懂读不懂，都会有影响。有些影响甚至你自己都未必知道，所以才叫潜移默化。西奥多·罗斯福曾说：I am part of everything that I've read. 我立足于我所阅读过的那一切。如果一定要选，我会选择安徒生的童话《天鹅王子》，这个故事可以说是我写作埋念的启蒙：你埋头为自己的目标努力就好，别人觉得你是女巫是公主都无所谓，自有天鹅王子们等待你历经苦难织就的荆棘衣。

互相需要的人才是彼此的救赎。

可以流血，但不可以辩解。对不必要的人做不必要的解释，只会让多余的话变成针刺进天鹅翅膀，伤了真正懂得的人。

以及，天鹅王子们是存在的吗？

书写之中，没有真相（由人类定义的世界中也一样没有），只有万物被看到以及被表达的方式。

表述也是一场催眠，制造一种真相被抵达的错觉：写与读的人都以为自己看到了事物本身。那些其实都只是各自充满主观的远眺而已。但表述的徒劳之中也有真相：它会暴露一种尺度，可以用来度量观察者对自己以及所处的这个世界的理解程度与理解能力。因此我们应该更谨慎地对待自己的作品，尤其是在这个网络发达、各种发布平台充斥的时代。一切都太容易了，错误也很容易。

最后那个因荆棘衣缺了一只袖子而留着半边翅膀的王子，他后来怎样？

这个问题永远没有答案。

王子留着那半边翅膀，就像我们带着很多伤口。我不想触碰，但试图以别的方式安慰你。就像我默不作声递给你一颗糖，让你暂时忘记了疼痛。但你心下知道我给你糖是因为看见了你的苦痛，尽管我没有说。

我努力传达这点默契和善意。也就能传达这么一点。天主教说，天父以自己的样貌塑造了人，我们应时刻谨记，不做不义之事。而佛教说，天上地下，唯"我"独尊。我们能做的，是尽量温柔对待身边的人，因为他们是我们无法抵达也终不能理解的另一个自身，是这世界上无数被困在不同面貌与思维中的、不同心智与皮囊下的"我"。

书写之中，没有真相。有的是这一点点慈悲。

爱是啮齿动物

///

你曾满心期待我翻译王尔德的 *De profundis*（《自深深处》）。在思考是否要答应出版社邀约的那一段时间，我去过很多地方，每一处景色都毫无缘由地让我联想起书中的某个章节。还有你对我说的这句初看毫无缘由的话："但我觉得你能理解王尔德，这跟别人是不一样的。或许你也会理解他的感情。"

你觉得我理解王尔德，但我理解他什么呢？王尔德近乎荒诞的伟大，近乎刻薄的智慧，近乎迂腐的富丽？他把一切往深渊推进但又分寸得当地停在边界以内的能力？王尔德对英语的革新，"在虚无中变幻出奇妙"，为"平庸的事物披上华服"，让"全世界都陶醉其中"的巧妙手法？在他笔下，英语得以跨越时代，成为没有年龄的迷人而危险的存在？他这些真诚的卖弄与举重若轻的炫技？

确实，我略略懂得，并且深深着迷。如果说崇拜也是一种以情感而不是理智取胜的懂得，那么我算是理解他的吧。

但你又说，我懂得王尔德，因此可能会懂他的爱情。我一遍遍读 *De Profundis*，每一遍都像是第一次读到那样有新的体验。但有一个想法是不变的：王尔德自己都不理解他和他的男孩波西之间的感情，旁观者是否就看得清呢？我说不好。

当然这个困惑并不是我拒绝翻译*De Profundis*的主要原因，我另有些事想要向你说明。

其实与你的信几乎同时到来的是另一个邀约，编辑提供了一个出版计划，她希望我可以出版一个以爱情为主题的小说。简单来说就是：用十万字的篇幅写个爱情故事。

但我对爱情故事毫无信心。或者说，我对爱情毫无信心。

总是搞不明白，我们究竟是因为什么而爱上一个人，相爱之后又该如何相处。作者搞不懂的问题，让书中人去寻求解答，好像是很不负责任的事。一心虚，就写不下去了。

在很长时间内，我甚至并不觉得爱是真正存在的。如果你对你描写的对象缺乏信仰般的虔诚，又如何用笔墨为它赋形？

所以这个小说搁浅了，原因正和我不能翻译王尔德一样：我不懂爱情。在我的想象中，相爱的两个人就像两个心怀烈焰的陌生人，在黑暗中对视，迫切想要了解对方，却只看见了自己的臆想，直到各自被火焰吞没。就像，王尔德和阿尔弗雷德·道格拉斯——他的美少年波西。

不仅仅是王尔德，所有人的爱情我大概都不懂。

"爱情"这个概念本身对我来说太过切肤了，虽常因美好的、无害的主观想象开场，但试探反复之后就会有接近，恨不能互为骨血的亲近。连水分子之间其实都有距离，两个独立成长了几十年的灵魂又怎么可能拥抱得天衣无缝？所以接下来就是鸡飞狗跳的戏码，挣扎、磨合、退让，哪个词听来都有点疼痛。

在我看来，爱情是个借口，它带自毁倾向的浓烈尤其是。人们借它来感觉喜悦、悲伤、愤怒、绝望等诸多情绪，但需要的并不是它本身。它也像某种托词，打着"我爱你"的旗号，人们可以光明正大、理直气壮地去付出、索取、占有，然后潇洒悲壮地轻轻转身放弃。

比如美貌的、天真的、骄纵的波西，难道不是王尔德幻想却无法成为的另一个自己吗？小小年纪已深谙快意人生之道，轻易赢取了大家的欢心，而为了征服这些人心，王尔德需要展示所有的才情。费力得来的东西，挥霍起来再怎么洒脱仿佛都带着怨气，所以王尔德喜欢看着在异国的赌场内没日没夜豪赌的波西，无度消费美酒华服的波西，在一个个首演之夜沉醉于成功与恭维带来的眩晕的波西，这样才觉得自己辛苦写的戏剧、赚的稿费、签的支票都有了更美好的意义：他自己是永远都做不到如此无牵无挂，因为他知道每分每毫上倾注了多少心血才情。

身为唯美主义的代言人，却因笨拙外表从小不受欢迎的王尔德，看着波西绞尽脑汁献上的十四行诗，想着他如晨曦微露般闪亮的容颜，心里一定曾酸涩地想：如果可以因美貌被宠爱，谁稀罕因才华被崇拜？

他甚至应该是心怀感激的，是波西的存在，让他可以与自己内心对美的渴望面对面相望。这就可以解释，为什么于在伦敦甚至在全世界文学圈、戏剧界呼风唤雨的君王面前，一再胜利的却是他笔下"无度索取、无意感恩"的波西。因为波西提供了王尔德用钱买不来的快乐。

去年秋天在伦敦，从查林十字街步行前往Piccadilly广场那家Waterstone's书店，想寻找企鹅新出的杂志书，一个匆匆走过的年轻人看着我的围巾大声说：This is my favourite colour, I love you! 我不知如何应对，条件反射般地回了一句：Thank you。

谢谢。

后来回忆起这一幕，好像对曾让那么多人激动得泪盈于睫的"我爱你"，我唯一能想到的比较得体的回应真的就是：谢谢你。

是的，和那些爱得炽烈、忘记自己姓名、不惜粉身碎骨的人不同。

我更偏爱的是那些与自己有一点点关系，又没有多少关系的东西。它们更理智，因为隔着不用跨越的安全距离而显得亲切可爱。

比如热闹。过年我躲在书房写稿，靠油汀取暖，门外是拜年的亲戚。嗡嗡的聊天声，麻将牌脆响。我知道他们都在，觉得安稳，却从来不会参与其中。

比如奇绝的风景。那些美到无法记录也无从形容的远方。路过的时候干脆不拿相机，眨一下眼睛就是按一次快门，在心里悄悄说：你好啊，再见。

比如一个很优秀的人。我从他的眼睛里看到他的过往，他的喜恶，他高唱过的歌曲，他潜心推敲过的字句，甚至他灵魂的底色。但是我更愿意始终站在一米开外，做点头之交。

但有一点你是对的，如果这世上有一段感情我愿意相信，那么就是王尔德与道格拉斯的那段感情。倒不是说他们的爱情符合所有伟大爱情的特质——两情相悦、剑拔弩张、世道难容、劳燕分飞，等再聚首已千帆过尽，只有徒呼奈何。

确实，无论是生活中还是书中，失败的恋情往往比那些最终修成正果的更精彩。因为这故事里一定会有显而易见的差错，无法克服的困难，甚至无形强大的命运：无论哪一样都能令旁观的人扼腕，甚至潸然泪下，投入得忘记了这一切不过是作者的信手拈来，信马由缰。所以太多爱情悲剧成了经典，"从此他们幸福地生活在一起"都被贬为骗孩子的童话。但让他们的爱情动人的不是这种不完整，恰恰相反，正是近乎纯粹的完整。尽管他们生活的圈子发生着许多在当时甚至在今日依旧被视为"伤风败俗"的事，但王尔德和波西之间，保持着近乎柏拉图式的肉体关系，他们各自把隐晦罪恶的欲望交给他人，也把关于艺术、文学的高尚探讨留给他人，留给彼此的是一段毫无心智的纠缠。

人生是一件接一件的蠢事。爱是两个蠢货互相追逐。波西是一个更年轻、更美，因此更具备任性资格的王尔德。难得的是他和王尔德一样天真：以为自己爱的人无所不能。王尔德在写下《道林格雷的肖像》时，就如同为自己的人生预言，这也不足为奇，因为一个以性格取胜的作家，永远重复同样的主题，而无论是小说、戏剧还是人生，都是他自己的作品。

这就是我不能翻译De Profundis的第二个原因：我明白了一件令人沮丧的事，并不是聪明人就爱得比较高明。

王尔德因为与波西的"不正当关系"被波西的父亲昆斯伯理侯爵骚扰，王尔德在波西怂恿下提起诉讼，结果自己被判定有罪，入狱服苦役两年，这期间经历了家产散尽、妻离子散、身败名裂的各种磨难。

用王尔德的话说是："我责怪自己允许一段毫无才智可言的友谊，一段并不旨在创造与深思美好事物的友谊完完全全左右了我的生活。"而在信中，牢狱生涯依旧没有让王尔德恢复真正的理智。在他笔下，他对收信人波西一边嫌弃一边宠爱，一边嘲讽一边谋求和解。他这样攻击曾被他称为"我的水仙花少年"的波西：你的人生并无动机可言。你有的不过是各种欲求。

此外还有很多对自己所处困境的哀叹。等受伤刹那的惊恐过去，痊愈的漫长和无助才是真正的折磨。快刀下去往往不疼，拔出来才开始疼，而且会疼很久：是无数黯淡无光的白天，更多辗转反侧的夜晚，Suffering is one very long moment.

承受是一个漫长的瞬间。

所以雷丁监狱里的王尔德写De Profundis，不忘告知信的读者波西：任何你读来悲苦的内容，在我写来更为悲苦。王尔德讥讽他爱的那个波西，是被寄生于阴沟之内的东西迷住的波西，不断谋求证明的波西，被太多恨蒙住了眼睛的波西，总是在索取的波西。可是人的爱情，也常常是这些暗不见光的并不伟大的细节让它更动人。

所以即便有这些不堪的背景和内容，我依旧将De Profundis看成一封情书，因为它描述了太多给因纵容产生的盲目，因仇恨导致的悲剧。在将名望、宠爱、时间全然托付之后，依旧犹疑不信。有多懊悔就有多投入。我们为爱身败名裂、千金散尽、粉身碎骨并不可耻。我们因此看清了生命的本质。学会了谦卑，更重要的，也是最重要的，学会了原谅。

因为只有爱才能如此矛盾。随华服一起脱下的还有炫技的自若与自傲。在无解、沸乱的爱情和它带来的毁灭性的灾难里看清的却是为人的本质。在失去自由、名誉、财产以及波西之后——最后一样或许他从未真正得到过——王尔德开始了人生第一次忏悔，随华服一起脱下的还有他曾征服了伦敦乃至世界的虚荣。

关于*De Profundis*，还有一些事让我犹豫。这也是另一个我必须回绝这个翻译邀请的原因。

当年那个如逊位的悲剧国王般傲然在酒店等待警察的王尔德，洋洋洒洒写了万言，不想给爱人一点反驳余地。那个意识到自己犯下大错而承受着舆论的压力四处奔忙的波西，年老之后哭泣着回想起王尔德，依旧称他是自己一生所爱。

我竟然无法确定，究竟是谁爱得比较多，尽管他们错得一样多。

强行寻找一件事情或一样物品所蕴含的意义，大概是可笑的。因为很多事物是没有意义的，或许也没有缘由。它的发生或存在，就是它的全部。没有更多的依附。没有更多其他价值可以升华。爱情大概就是这么一样东西。正如王尔德所说：We know nothing and can know nothing（我们一无所知也无从得知）。

通过一再重读《自深深处》，尽我所能去理解了一下什么是爱情。

"那你对爱情有了什么新的领悟呢？"你问。

我答：爱情是种啮齿动物，吃光了你的血肉，啃完了你的骨头，露出一颗心来。它还说：这并不足够。它会一直啃噬你的灵魂。所以我要和它保持距离，也和这本书保持一个普通读者的距离。

///

为什么我们期盼的那么多，愿意了解的却如此少？

///

我是因为你，得以穿越这黑暗的。

///

时间是最深的沼泽，等得越久，陷得越深。

///

最远的地方没有桥梁，最美的景色无法分享，

最深的感情并不等待回应，因为我们出发，不为抵达。

Chapter 2

我路过的风景里，你最美

往事

///

那晚过马路时，你伸手扶住我的手臂，侧身将我护在人流较少的那一边。我抬头看见街灯的光亮映在你漆黑眼底，灼灼如泪光。

"你有没有哭过？"我问你。

"小时候常哭。"你笑得有些不好意思。

你曾努力想要撬开我执拗不能明言的心情，像撬一只棱角锋利的牡蛎。如今你平静地站在我身侧，替我抵挡车流。车水马龙的街上，两个穿黑大衣的人，保持得体的距离。我们还未熟悉到可以相互伤害的程度。我觉得安心，我所有的问题，你都有答案。你或许，就是我在这不定的世上可以遵守的原则。

谈及童年，你说起旧事，那些仿佛昨天的江南风物。"我摔断过爷爷的端砚，剪过父亲高价置办的扬州盆栽，也钓过邻居家的锦鲤……"你的嘴角都是笑意，"我要是有你一半聪慧，大概早已经被宠上天去。"

彼时我还没有来到这个世界上，并不知道多年后有人对着那片混沌虚空呼喊：你在那里吗？你在哪里？

"真想看一看那方砚台。"我说。

"你一定会很讨厌那时候的我。"你说。

我想看看那个调皮的少年，怎样在岁月里磨炼出一身的沉稳与智慧，却依旧在内心保留最初的明敏。我喜欢这样的接近和距离。我们把光鲜的道理、礼貌的寒暄留给别人，开始把琐碎的废话留给彼此。我们变成一心一意、心无旁骛的人，再顾不得那些更重要的事。

路的尽头是硕大的上弦月。我们停了言语，一起静静地注视着它。它令人愉悦的明亮的浅黄色光芒，让整个城市变得温柔。

后来我在冰岛的荒野停了车，看黛青与橙红相接的天边升起一轮白色的圆月。我遥遥注视它，斗转星移间，像凝视我们相遇的那些时光。它们在浩瀚无边的时间里，像此刻的皎洁明月孤悬。

这是与你一同看过的，那个月亮。我久久无法说话。仿佛你此刻就无言地坐在我身侧，同样注视着圆月的目光里有疑惑，这疑惑是给我的。你不懂我为何如此平静地接受了分离的结果。如果我们可以在爱中获得片刻的观众视角，或许很多错误和心碎就可以避免。不过活得洞察世事也是另一种很寂寞的辛苦。

平静与沉默一样，有太多种质地。我的平静是经过许多盼望和更多失望才获得的吗？或者，仅仅因为从不太过接近的漠然？

我想，如果一个人无法坦然面对自己的欲望，无法面对欲望获得满足或落空之后的虚无，就无法获得真正的平静。

"楚楚谡谡，其孤意在眉，其深情在睫，其解意在烟视媚行。"流离失所的张岱提笔这样描述他年轻时认识的一名女伶。并无爱欲纠缠的过往，只因她属于他曾经历过的最好的年代，作为一个脚注，化成回忆的画像被细细描绘。

你不知道命运为你准备了什么，它又在何时以怎样的面目到来。当盛世繁华落尽，人生中最不缺也最长的就是下坡路。他漏船空载，且记且忘，历历在目的是她的眉眼，记得她曾于一个烟霞如焚的傍晚，在他身边低声哭泣过。他从江南浩渺的微凉水色之中，看见她悉心描画的粉黛下火一般炽热难以排解的内心。几百年后我在皎皎月色中看见了你一样炙热的情感，也看见了无法以同样热情回应的无奈。

或许他还看到了盛极而衰、否泰转换的必然。

张岱的前半生，过得绮丽奢靡，吃穿用度不凡，脾性嗜好不俗。这个生在世家的富贵闲人早早看清生命注定是场荒废，正因为清楚地知道，所以才努力想要浪费得考究些。你说得对，这个世界虽没有万般自在，却也有千种风味。如若我们有心，这个过场也称得上几分精彩。

张岱后来在文中写："欲脱樊篱，断须飞去。"而真正想要的那些，又可以拥有吗？

夜班巴士

每到冬天就会怀疑那闷热的、湿漉漉的夏天不曾存在过，绣球花没有开过，蜻蜓没有来过，轰隆隆的雷声不曾在棉花般的云里翻滚过。

我把书桌从客厅搬到了小一些的客房，想象自己是位借住的房客，开始了赶稿的生活。

据说一个人每天大大小小、有意无意都要做约七十个选择。如果你写作，这个数字可能要翻三四倍。

其实每个字都是种选择，所以写一千字的那个早晨，在手边的茶凉掉之前我已经做了一千个选择。不禁觉得非常劳累。

休息的时候看一部美剧，后来发现它已经在演到第十三集时被制作公司砍了。那种感觉，和夜晚看星是一样的，星光的来处已经不存在。

最近，多年没有犯的偏头痛又回来，这毛病除了折磨人之外，还附带一个好处：梦境会非常真实，梦见了很美的博物馆，很遥远的旅行，还有很美的星空。那一年头痛最厉害的时候，根本无法入睡，也不能开车，就裹得严严实实，在路边随便选夜班巴士到处兜风。

夜晚无人的上海和白天截然不同，有一种旧而静的气质。

生活中确实有不如意的时候。我能做的是搭一班深夜巴士，假装可以离场。

在客房里陪我度过这些头痛时间的是《斯通纳》这本书。它很安静，一个平凡男人的一生，生活、亲友、战争、信念、记忆、疾病，什么都可以撕裂你，而你默默把自己蜷成一块石头，等黑暗将你吞噬。你早已从内心里变得冰冷，却始终保持坚硬的姿态。

在斯通纳的人生中，也有过闪光的片段，书中这样写：

四十三岁那年，斯通纳学会了别人——比他年轻的人——在他之前早就学会的东西：你最初爱的那个人并不是你最终爱的那个人，爱不是最终目标而是一个过程，借助这个过程，一个人想去了解另一个人。

我想知道的是，我们是否真的能够互相懂得。不是包容，不是照看，也不是原谅或宠爱，而是懂得，像解一道数学题那样，经过曲折和明暗，明白一个人的内心。

如果不能，也没什么。生活中确实有不如意的时候。

同类

///

这几天翻完了"短经典"系列的《大教堂》。在这之前,我买的第一本雷蒙德·卡佛的书是《当我们谈论爱情时我们在谈论什么》。书是献给他的妻子苔丝的。

我记得卡佛死后,苔丝在抽屉中发现了他悄悄藏起来的五个短篇,然后在 *No Heroics, Please* 的基础上结集成 *Call If You Need Me*(《需要时,就给我电话》)。这件事说尽了写作者与这个世界所有的关联:与伴侣、与出版人、与读者,当然还有与书。还有他们充满隔阂、孤独、无奈与躲藏的命运。

马塞尔·普鲁斯特曾说:"每个读者只能读到已然存于他内心的东西。书籍只不过是一种光学仪器,帮助读者发现自己的内心。"

即便是自己一笔一画写下的东西，也没有处置的权力。写作就是这样一种从主动到完全被动的过程。你其实从来也没有，同行的人。

或者，底层抽屉才是写作者最合适的骨灰盒。

"相遇之前，我们是否相爱？"

///

我最近在重读《美，始于怀念》。其中最动人的章节是亨利在地震中失去丽贝卡后，穿着睡衣和拖鞋，漫无目的地从一个机场飞向另一个机场，途中，他给乔治写信。

最心碎的章节是亨利前往法国乡间，在马戏团的观众席上看见了已逝爱人的双胞胎姐妹。那张他朝思暮想的脸，属于一个全然陌生的灵魂。

这本书里有很多假设，那些我们没有选择的生活，那些我们没有相逢所以也不会失去的人。丽贝卡的孪生姐妹是亨利关于挚爱尚在人间的、绝望的假设。或许同样爱过丽贝卡的乔治本身也是亨利的一个假设，爱过她的人在世间平静地活着，那是丽贝卡存在的证明，那是亨利未能抵达的人生。

这真是一本让人伤心的书。因为只有心碎过的人，才会一遍又一遍地对自己说：假如。

"相遇之前，我们是否相爱？"第一次知道西蒙·范·布伊就是因为他在这本书里写了这么一句话。

我们遇见是在上海的初冬，一个非常寂寥的日子：11月11日。

西蒙·范·布伊坐在我右手边，穿着带金扣的深蓝色手工西装，配白衬衫与暗红色薄毛衣，脚上的浅棕色布洛格系带皮鞋与鼻梁上的玳瑁色圆框眼镜遥相呼应。他的衣着精致得体，毫无破绽，但也不会用力过度，行事风格正如他照顾笔下人物的手法：为他们挑选美好的年纪，高尚浪漫的职业，出众的外貌，以及满足舒适生活所需的经济基础。

有的作家喜欢将人物放在宏大的史诗背景中，以此探讨人类命运的深刻沉重；有的作家执着于日常生活的蛛丝马迹，以轻与浅成就无限惆怅。有的作家热衷于探索自己不熟悉的年代与领域，如探险的印第安纳·琼斯；有的作家则痴迷于自己熟知的领域，享受信手拈来的精准洒脱。

西蒙都是后者。他常常把自己的男主角称为乔治，一个朋友的名字。同时他也热衷于将身边朋友的故事通通写到书里去。刚再版的书里，也有一个乔治，他与丽贝卡、亨利在希腊相遇，三个年轻人为逃避既定的命运前往异国他乡，却发现这次旅行恰恰成就了他们想要避免的命运。

西蒙通过乔治的经历讲述了灵魂契合与肉体吸引的矛盾。"你会被别人吸引，而不是爱上。这就造成了很多困扰。"

说起自己那些被充分"编排"的朋友，西蒙语带歉意："他们的故事未必都是值得赞许的好事，也有糟糕的经历。如果真的很糟糕，我会在书出版之后尽力躲避他们。"

我好奇如此甘愿被困于自己的生活，创作是否过于保守并重复。

"约束并非坏事。"他解释说，"如果父母对孩子说'所有的糖果中你只可以选择一个'，这远比说'你随便挑，无所谓'，要更富于情感。"

他的悲观情绪与幽默对比强烈。在读者提问环节，他温情脉脉地回答关于爱的问题："我对爱的研究建立于一个悲观的认知：你此刻拥有的必将失去。"

到最后一个问题，一个非常年轻的男孩子腼腆地问："你觉得《英国病人》怎样？翁达杰在书里说，爱是占有，你怎么看？"他想一想，认真地回答："如果是我写的故事，我不会让男主人公将女友留在洞穴里，或许我会用飞机零件做一辆小推车，带着她走进沙漠。因为爱是共同承担命运。"

所以在他的下一本书中，我们将看到的不仅仅是爱情，还有人与人之间的关联（connection）。而创作灵感除了他身边的亲朋好友，还有一行禅师的话：We are here to awaken from the illusion of our separateness.（我们在这里，是为了从分离的幻象中苏醒。）

活动结束后，我们坐等他的读者散场。西蒙侧首轻声说："我的问题在于：我过于戏剧化。这或许是遗传自我的曾祖父，那个有中国血统并生育了十九个孩子的男人。"我正在消化这个故事，他又补充说："当然，和他一样，我也有赌博的恶习。"

我很高兴，他是个能随时从自己的故事里走出来的人。

所有我们看不见的光

///

七月江南翻滚的闷雷，像自法国小镇圣马洛穿越时间传来的隆隆炮声。

一个以短篇见长的美国作家，用出乎意料又似乎在意料之中的方式写了这个长达五百页的关于二战的故事：他将故事以简短篇章的方式呈现。

我拿到的试读本只有一个简单的白色封面，没有作者介绍、没有故事梗概。站在一个全新的故事面前，就是站在书中人的命运面前。一切正要开始。我们都是盲的。作者要开始讲故事了，命运在织网，如天空中看不见的电波。

阅读之初，在这些独立的短篇之中寻找故事线就像在无数信号中寻找那个你想要的频率。干扰，沙沙的空茫，然后一个声音从黑暗中浮现，闯入你的耳朵，你小心调整，直到它逐渐清晰强烈。

失明的法国女孩玛丽洛尔，在迷宫般的巴黎自然博物馆里游荡，对这个世界有无数问题要问，却不知战火正要将她身边的一切毁灭。瘦弱的德国男孩维尔纳和他颇有主见的小妹妹尤塔，在煤矿区的孤儿院里艰难成长，偷偷寻找着一个来自他乡的神秘电波。军士长伦佩尔曾是珠宝鉴定师，如今病入膏肓，趁战乱找到那枚传说中可让持有人长生不老的钻石是他最后的希望，渴求终于演化为疯狂。后来他们将相遇，在法国布列塔尼海岸的小镇圣马洛，相遇时二战的炮火正将这座古老的小镇夷为平地，轰炸机取代广播信号占据了天空。

是什么在引导，是什么在守护，是什么在照耀？是那颗神秘钻石的不同切面：爸爸、叔祖父、马内科太太、维尔纳、尤塔、福尔克海默，在战争的阴影里发着光，守护着玛丽洛尔平安走过断壁残垣。

多年后，玛丽洛尔坐在巴黎三月的清晨里，无数电波在她身边传递各种讯息。叔祖父艾蒂安发送的电波已经不在里面，那些爱过她、守护过她的灵魂呢？是否依旧如她看不见的光，如白鹭、燕鸥与椋鸟般飞行于天地之间？

这本长达五百页的书，有德军空袭巴黎的宏大场面，也有白桃罐头的清甜滋味。我记住了女主角牛奶一般的双眸。

读完这个故事，我找来了安东尼·多尔的第一本小说集 *The Shell Collector*（《捡贝壳的人》），它回答了我很多的疑问，几乎可以作为这部长篇的背景阅读。如果你看过安东尼·多尔的这本小说集，就不会对《所有我们看不见的光》的题材与呈现方式有太多惊讶。

他无拘无束的想象力与精致准确的场景描写一脉相承，两者的结合营造出一阵前所未有的飘荡感，轻盈的，带一点点疑惑，一点点激动：

为什么要写这样一个故事呢？它会怎么发展？它将带你前往何处？

这种飘荡感带你离开身边的世界。*The Shell Collector* 里，失明的老人在肯尼亚的拉穆岛（就是我很喜欢的那个岛）收集海螺，蒙大拿的山谷里，猎人总是梦见消失已久的狼群，而他年轻的妻子能经由手掌的触碰看见别人的梦境与记忆。

这种轻盈的飘荡感，这次化成天空中看不见的无线电波，与七十年光阴的距离，还有玛丽洛尔奶白色的眼眸。作者把对贝壳类的偏爱保留了下来（我也喜欢收集贝壳）。

为什么要写这样一个故事呢？
不为什么别的，只因为它很美。

它会怎么发展？
它就像命运一样，有无数种可能。

它将带你前往何处？
我们留在这个故事里，哪儿都不去。

In Search of the Lost Time
把你交给时间

在一条直线上辗转

///

感冒渐渐好了。拖延很久的稿子发到了编辑的邮箱。朋友来上海约了见面,一句话可以笑很久。深夜回家的时候我让司机师傅走高架,他疑惑地说:"这样会绕路。"我说:"没关系,慢慢兜过去好了。"

以前刚在上海安家的时候,没有什么朋友,工作也觉得有压力,我的爱好就是深夜开车在高架上兜风。高架桥是这座城市里最熟悉的名字:南北高架、延安高架、沪闵高架、沪青平高架、中环、内环……

我最喜欢的是中环,因为中环向内弯曲的路灯像一排排肋骨,行驶其间如穿越一个人的胸腔。喧嚣都市之外、无边夜色之中有种近乎亲昵的孤独感。后来,我把这种感觉写在了短篇《孤独患者》里面。后来朋友渐渐多了，他们笑我：怎么这么爱走高架！

我不介意绕路。曾经无话不谈的人，也可以走到无话可说的地步。一开始就可以沉默相对的人，无言而默契地并肩走着。一言不合拂袖而去也是发生过的。我从不否认自己的古怪和善忘。人生像是在一条直线上迂回辗转，向着既定的又似乎是不可测的方向前行。

时间从来不是偶发的奇迹，我曾在海上看渔夫以无尽等待换取有限的渔获，支撑他们的是微弱但不落空的希望。后来我才明白，很多事情我们不是突然间失去了耐心，之前必定默默失望过很多次。就像花，积聚很多力量才盛放，就像火焰，在风里无声呐喊很久才终于冷却。

暗的星

/ / /

看了我旅行时候的照片，你问："立夏，你旅行时候总穿同一双鞋，那双鞋是有什么特殊意义吗？"如果要找一找，好像真的有。

在我二十七岁生日的时候，有个认识很多年的朋友说："要是三十岁你没有嫁，我们可以考虑结婚，以后互相养老。"那时候的我已经差不多是现在的样子，才华有限，术业不专，在世俗生活面前保持捉襟见肘的淡定。

三十岁生日时这个朋友送了我这双鞋，并按规矩问我要一块钱，他说："我知道你的梦想嘛，就是走远点。"我记得那次我们是约在一家日式酒馆，下班后匆匆赶过去，落座的时候都忍不住发出一声叹息："唉，又一年。"我还记得那天的账单，很巧，是999。

那时候我也受困于种种选择，还有感情的困扰。后来我选择什么都不要。后来又买了两双同款的鞋子备着，它们真的很牢固实用。后来我就出发了。我穿着它们去过很多国家，踏过各种地貌和季节，所谓穿山过海是一点不夸张的说法。变化不过是：夏天光脚穿，冬天加双袜子。热带光脚穿，寒带加双袜子。

像我这种情绪多样、想象力丰富的人，在哪个地方都无法长久停留，落地生根只是一种愿望。至于感情，与谁恋爱都像对镜跳舞，和自己玩而已吧。但这种性格的好处就是总能在生活自带的细节里得到很多快乐，比如开始学做饭，觉得干贝是大海的浓缩胶囊，煮一煮，咸腥与清甜都有，房间里也会有海洋的气息。

比如清晨的阳光每天不同，时间其实是看得见的。看树叶投在地板上的影，是一部情节曲折的默片。这些小事情，那么可爱，又让人惆怅。因为如果我没有经过之前的迷惘，就可能学不会看见这些，也无法从中获得快乐。

你看见别人得到的，未必看见别人放弃的。你对自己失去的耿耿于怀，却忘记它们的离去又带来了什么。我们不仅仅是从光亮之中获得力量，那些黑暗的负面的东西也可以教会我们很多。那些暗的影，正以另一种方式，指明光到来的方向。

这封信如石沉大海

///

五月的花事渐渐安静，换季的躁动过去。日子寻常起来，很多事没有姹紫嫣红，也未必山穷水尽。柏瑞尔说：我独自度过了太多的时光，沉默已成习惯。那是我堪称凄苦的翻译生涯中，最有共鸣的时刻。

《夜航西飞》完成五年后，我之所以那么喜欢《安尼尔的鬼魂》，投注心血和时间去翻译，是因为书里有各自沉默的人：将自己本来的名字忘记，从哥哥手里买来"安尼尔"这个男性名字的女主角；对妻子的死亡讳莫如深的考古学家塞拉斯；将层层失望、疲惫和孤独埋在愤世嫉俗之下的急诊室医生迦米尼；不再理会学术界攻击，归隐山林的碑刻专家帕利帕纳；丧妻之痛痛到不能言，只能烂醉的佛像雕刻师安南达……他们寡言但坚决地从各自无法倾诉的过往中走来，要为太多在斯里兰卡内战中枉死的亡灵申冤：如果可以开口，那就替他人倾诉。

如今翻译的初稿安安稳稳躺在文档里，在校对之前它像一块棱角粗糙的炽热的炭。略带骄傲地告诉你，我又译完一本钟爱的书。你曾讶异翻译稿酬的低廉，不明白我的坚持。"为了爱吧，世界上也有心甘情愿的付出嘛。"我开玩笑似的答你。

如果遇到翁达杰，我的第一个问题可能会是：为什么你的故事里有这么多的离散。他曾在《英国病人》中这样写：The sea of night sky, hawks in rows until they are released at dusk, arcing towards the last colour of the desert. A unison of performance like a handful of thrown seed.

"夜色似海，列队以待的猎鹰在暮色降临时分获得自由，疾速射向荒漠中最后的光亮。如一把种子，整齐划一，脱掌而去。"每每回想他故事里的众多人物，就记起这句话。他们留下很多离去的背影给我这个读者，这些远离故土的浪子，如一把种子迎风飞扬。

但《安尼尔的鬼魂》是不同的。"Honey I'm home."当法医安尼尔跪在受害人身边，这样轻声说的时候，我好像终于找到等了多年、找了好几本书的那句话。

在这么多离去之后，终于有人归返。Honey I'm home.

从西方整饬的虚无踏进故土染着血色的混沌。安尼尔要放弃自由，重新学会如何对待暴力、对待信仰、对待苦难、对待隔阂。我想这就是《安尼尔的鬼魂》与翁达杰的其他作品最大的不同。

和很多中国读者一样，我因为《英国病人》知晓并爱上了翁达杰。他曾被誉为"无国界作家"的代表人物，从隆美尔的埃及战场到奥尔良的爵士酒吧，从意大利乡间的教堂到安大略湖底的隧道：国家疆界只是地图上的标示而已。关于故土斯里兰卡，翁达杰则在两部作品中重点提及——如果说少年往事萦怀的《猫桌》是皎洁的月球表面，满布名字优美的月海，那么《安尼尔的鬼魂》是沉沉不可示人的月球背面，满是冰冷的死火山和陨石坑。

二十世纪八十年代中期，斯里兰卡爆发内战。毫无解释的逮捕与秘密审讯，不计其数的失踪与死亡，让无可名状的恐惧如不见底的黑暗笼罩着这个国度。佛教中说：无明最苦。

最终，因内战引发的人口失踪问题使斯里兰卡处于国际舆论的风口浪尖，主人公安尼尔受大赦国际委托前往斯里兰卡调查在考古遗迹中发现的"古尸"的身份。安尼尔之所以获得这份工作多少与其身世有关：她是斯里兰卡裔，在美国求学成长，从事法医鉴定工作。她从检验第一具尸骸起，就找到了与官方说法相悖的证据：这些尸体并不古老，死亡时间在近年，考古保护区只是为掩盖真相而精心挑选的抛尸地点。她将这具尸骸命名为"水手"，它是大批无名尸骸中的一具，也是她解开谜题的钥匙。

这个名字将为所有受难者命名。

翁达杰的书里最迷人的人物往往是离经叛道的叛逆浪子。除了离开故土多年、行事果敢的安尼尔，书中其他两位重要人物塞拉斯与迦米尼也是同样。他们出自翁达杰笔下，当然有与其他作品中的男性角色相同之处，比如对世俗规章的不屑一顾。至于塞拉斯的恩师帕利帕纳，他就像翁达杰最为人所知的角色艾尔马西一样，可以在现实中找到原型。他的故事在本书里是一个故事中的故事，可以单独作为一个短篇存在，一个典型的翁达杰式的隐士：对权威和制度抱有嘲讽的态度，觉得它们无聊且荒唐，对世界有更细微透彻的感知，智慧超群，掌握看似无用却精深的学识。

但他们也有不同于以往书中角色的特质，其中最大的不同，是他们的承担。男主人公塞拉斯似乎是个更符合"儒"的人物，在政府部门工作的考古学家，有人脉关系，知晓官场机巧，却愿意为了带着偏见与优越感回国的安尼尔铤而走险，不惜以生命为代价。他的弟弟，外科医生迦米尼则近乎"道"，失去妻子之后以急诊室为家，人为的恶果一次次送到他面前，让他处在崩溃的边缘，但他依旧依靠药物支撑，在地狱般的急诊室里缝合伤口，因为如果他放弃，他的兄弟姐妹将承受更多痛苦。甚至是隐居密林并逐渐失明的帕利帕纳，依旧不辞辛劳地照顾着自己在内战中失去双亲的侄女，并将关于斯里兰卡古文字的知识传授于她。

游离的浪子们，在这本书里伸出手来，触碰这个世界。

他们都因心存良知而担负道义，并愿意为信仰殉道。他们的信仰，就是为"鬼魂"守灵：那些无辜惨死、无处申冤的鬼魂，那些痛失至亲至爱而在人世踯躅的鬼魂。这也是书名的来历：Anil's Ghost，我最终选择直译为《安尼尔的鬼魂》。骸骨"水手"代表的那些无法安息的鬼魂，是安尼尔要担负的责任，是她的鬼魂。她将在塞拉斯的帮助下，为他们查明死因，确认身份，让他们获得真正的安息。

简单来看，这是一个"正名"的故事：在斯里兰卡内战中遇害的无名氏们因为身份不明而成为无法安息的孤魂野鬼，安尼尔将利用自己的专业知识查明他们的身份，揭开内战中当权者与反对派犯下的

Chapter 2
我路过的风景里，你最美

血腥罪行。

"名"在各种宗教中都是重要的概念。《道德经》的开篇就说：无名天地之始；有名万物之母。《圣经》中上帝让亚当为飞禽走兽命名。阴阳术相信，说中即是解脱，施咒与解咒的关键就在一个"名"。无名则无明。

中国的神话故事和这个故事的内涵也有奇妙的关联。仓颉造字，鬼魂哀哭于野：万物将拥有自己的名字，人将从此走出混沌，它们再无晦暗之处可以藏身。

书中人名字的翻译，也像是一个"正名"的过程。

安尼尔，Anil，一个她费尽周折从可可那里买来的名字，原本专属于男性。在女主角看来它带着男性的潇洒，读音和形状都有简洁流畅的魅力，是她挣脱女性桎梏的出口，她的第一场反抗，也是她漫长而艰难的觉醒的开端。后来她将离开故土，经历痛苦的婚姻、没有希望的爱情、受疾病摧残的友谊，并积累起足够的阅历、学识和勇气来解答最开始的问题：你是谁，来自哪里。为着女主人公最初选择这个名字的理由，我选择用笔画最简单的文字音译"安尼尔"这个名字。

安南达，Ananda，在佛教典籍中译作阿难，是悉达多的堂弟。我选择这个更世俗化的翻译，首要考虑是与全书的时代感统一，另一个更潜在的原因是这个人物一直沉浸在无明的苦痛之中，要到最后才因为男主角塞拉斯无言和无条件的守护与支撑走出泥沼。如果一开始就叫他阿难，似乎太早了。

翻译也可以看作为一种文字找到另一个名字吧。这绝对不是轻易的差事。翁达杰的另一个身份是诗人，再加上他在东西方文化背景下成长的独特身世，使他的写作风格独树一帜。翁达杰文字里有太多东方式的幽微含蓄，但本质精准犀利，这些是他的魅力，也是对译者极大的考验。要尽善尽美地翻译翁达杰，大概需要一双会画工笔的手，轻、巧、稳、准，通识布局之后，层层渲染，我常常觉得力有不逮。

翁达杰对英语的简洁与直接的特性同样熟稔，比如他对这个词的使用：citizened。

寄生在彼此的黑暗中的四个人，我们观众以上帝视角看他们如何冲破个体误解与文化藩篱，成为彼此的依靠。当安尼尔跪在安南达的鲜血中，citizened by their friendship——她这样形容安南达和塞拉斯给她的感觉。这个词的意义不仅仅是归属感，还有为人的理性，在屠杀事件与不义之战频发的国度，这个词如同修罗场中的庙宇。在那一刻安尼尔终于明白：安南达——她眼中一无是处的酒鬼；还有塞拉斯——在她看来人浮于事、官僚作派的考古学家，却原来是这块多难的土地上珍贵的"为人"的标准，是她和这个世界之间的纽带。

因为《英国病人》而折服于翁达杰文笔的魅力，这本书让我对他的敬重与喜爱更进一步。我想，这对于翁达杰来说，也是一部意义不同于其他的作品。

安尼尔对斯里兰卡的复杂情感，几乎是翁达杰的自白。自十一岁那年随母亲离开斯里兰卡，直到二十多年后翁达杰才重新踏上故土。这本书里的世界是他用自己的回忆想象建立起来的一座坚不可摧的城池，这城池的坚固来自大量的资料搜集整理，更脱胎于他对笔下人物的爱和对故土命运的关怀。翁达杰将自己对暴政的愤怒控诉藏在了哀而不伤的笔调下面，他标志性的诗意之下，血色尽染。我用了大半年时间准备，阅读资料，去斯里兰卡探访书中提及的地方，观看岩画与石刻文字。对斯里兰卡这个国度有了更多了解之后，再来回通读全文，尽管对这个故事早已熟稔，但半年多时间的翻译过程中，依旧时常对翁达杰的叙事方式和文字的处理有惊艳之感。

写尽远走的背影的翁达杰，在这本书里终于开始写回归，写伸手的触碰。翁达杰的故事里，曾有很多独自坐在暗中的人。在《安尼尔的鬼魂》里，他们不再独自摸索，而是以自己的方式，默默做着保护的手势，这份关怀虽藏在暗中，却最终让历尽苦难的人看见了光亮。当你最终看清它的存在时，一定像我一样感动。

在书的结尾，当安南达穿着塞拉斯的衬衫登上竹梯为佛像开光，塞拉斯以他的方式完成了他的使命，遵守了他从未明说的誓言：塑一个代表千万死者的面目，来帮助生者重新找回自己在这个世界上的位置。塞拉斯这样一个忍辱负重、胸怀宽广的兄长，也是翁达杰能给斯里兰卡，给他多难而美丽的故土，给他善良而坚忍的同胞，最郑重的祝福。

翁达杰用书写的方式告诉我，对我们深爱的那些事物，仅仅观看是不够的，我们还要伸出手去，无比郑重地触碰，感受它的苦痛并给予支撑。

《安尼尔的鬼魂》面市时候接受过很多的采访，很多记者问我最喜欢翁达杰作品中的哪一个特质，我回答：他的文字里有很多静默。人们安静地坐在暗中，并不互相打扰但依旧互相关怀。

除了这样一本书，翁达杰甚少提及故土，他在书中的沉默似乎就是所有要说的话。这种沉默像一间庙宇，供我藏身。

太多事都要在静默里发生，胚胎成长，果实熟透，花渐渐开了。甚至是海浪涌上岸来之前，那片刻的天地俱寂。我甚至暗自希望，在读我写的这些字的时候你会觉得世界有片刻的沉静。

你曾说无法阐述我的沉默。但为何要阐述？言语可以描述世间万物，除了沉默。

也曾有人问：不言不语独自写作翻译可觉孤独？如果不爱这孤独，又怎会走这条路？我是从热闹红尘中拐进深巷里来的。

翁达杰描写故土斯里兰卡的苦难，并非不得不面对的苦痛无奈，而是主动转身直视的坚毅——用一本书为这个国家与她的人民发声：他们在战争中做出的选择证明着他们品性中即便战争这样不人道的灾难依旧无法摧毁的美好和坚忍。

选择不是承受，是承担。

I Can Feel the Emptiness

///

你是个温和的人。常厌弃生活，却对生命始终赤诚。

"我拥有的不多，但都是最好的。"你曾这样说，并无骄傲之意，只是全然的满足。炫耀之心是藏不住的，人们却偏偏要努力掩饰。你的满足这样谦卑，像一个站在汪洋边上的人，低头凝视掌心的那滴泪水，满心怜惜。

看着你偶尔发在网络上的只言片语，会清晰地想起你说话的样子，眼角眉梢，好像你就在桌对面说着这些话一样。想象与记忆总比现实清晰。爱情就是这些想象的沙砾一颗颗构建起来的城堡吧。

精巧恢宏，风浪来时，不堪一击。

多么奇怪，一个对生活或者说对生命并无信心的人，却在解答他人无穷无尽的小问题。提问的陌生人们，显然比我更热爱生活，否则，何来这么多想要改变的向往？他们对困难与不顺有着那种恋人之间因热爱而生的无奈，对琐碎与平淡有着母亲面对孩子时的那种血脉决定的无条件的忍耐。

你以为我足够懂得，也足够坚强。于是想托付少年心事。那个瘦削寡言的少年，从来只是被动地得到与失去，来不及也不想问缘由。却不知如堤坝般恢宏的冰在汪洋之中载沉载浮，这冰山碎裂的一角，才是我最贴切的画像：没有根基也没有计划，看似坚定实则无凭无据，随波逐流。

"我是个粗暴的人。"我这样对你说。

"你怎么粗暴地对待过别人？"你不相信地问。

你看着我，以为面前这个陌生的人带来一个地址，可以投递那封延误了四十余年的信。而我，或许只是一扇永远都打不开的门。

上天留了不同的功课给我们每个人，就像他留了不同的际遇给每只鸟，每棵树，每座山，每条河流。有意或无意，到目前为止我大部分时间都是独自度过，孤独或许就是我最主要的功课。因为生命的不可逆转，前世的不可追忆，我无从知晓生命是否有其他的或者更好的方式。所以我领了我的功课来，尽力认真地完成它。还有些功课，我早已决定要交白卷。

从小到大，我只擅长一个人玩的游戏。一只魔方就可以打发我。后来我喜欢写作，和玩魔方一样，是将文字拆散再排列组合的游戏。而且，同样适合一个人玩。

写作比玩魔方更复杂的地方在于，有更多的无尽的可能。而且，写作的欲望总是要强过写作的能力，这种欲望让你成为另一个人，这个人与掌握一定写作能力的那个自己截然不同。这个特性造成的失望和惊喜一样强烈。

有时候我会想，所谓写作者，不是擅长使用文字的人，而是被文字选中，受其奴役之人。但这是我自己选择的苦役。不懂事时觉得多个选择总是好的，后来才知道幸运的人都是一条路从头至尾，目光不用顾盼。我无法让所有人满意，也无意取悦所有人。我在书桌前坐下，不想抬头。

五岁时第一支烟花在手里熄灭，它留了一世的黯然与静默给我。很多事与之相比，真的不算什么。

原来去过的地方，见过的风景，甚至如何应对时间，都不重要。重要的是，世事纷杂，我们平静，如岛屿默然栖息在惊涛骇浪里。我渐渐沉浸于幽暗之物，那里时间没有度量。一瞬里有一生。

这一生，不过是以沉默达成沉默本身的美与完整。谢谢你曾出现在我生命里，我可以借用翁达杰使用的那个单词感激地说：I was citizended by your kindness.

In Search of the Lost Time

把你交给时间

当一个人消失在世上

///

"你这样做是不对的。"你曾说。

"我不曾向这个世界奢望公平，它又何必苛求我事事正确？"我这样答。

意大利作家亚历山德罗·巴里科新作 *Mr. Gwyn*（《一个人消失在世上》）讲的是生活在伦敦的作家贾斯帕·格温，他功成名就、口碑良好，却在四十三岁的时候给《卫报》列了张单子，列举了五十二件他再也不会做的事情，其中最后一条是：写书。

我在伦敦重读这个故事。你曾说：感觉你就要从此消失了，我们之间，再无往来。

消失的人去了哪里?

但首先,要怎么消失呢?

决定不再写书的格温先生发现生活陷入危机,为了抵抗危机,他开始缓慢地生活,感受鞋帮与袜子紧贴的感觉,记录所有颜色,牢记每一枚硬币在指尖的触感……自行剥脱了表达方式的格温发现,一切都在失重。直到他被橱窗里的画像吸引,走进画廊后发现了一本画册,在画册中,他重新看见了时间,也找到了自己消失的方式:成为一位画像抄写员。不是写作,而是为陌生人"写"画像。为此,他在伦敦一个破落的街区找到一间工作室,房间布满水渍、油渍,以及作者巴里科以近乎苛刻的细节描写塑造出来的家居用品——一切都必须恰到好处,包括噪音与光线。

孤独的人消失起来更难一些,因为人的心是软的,孤独的人的心比平常人更软。他们和这个世界的连接也比那些交游广博的人更少却更牢固:它们是有限的脐带一般的存在。

所以格温先生需要他的经纪人汤姆,医院偶然遇到的戴防雨头巾的老太太,助理吕蓓卡,这些难得闯入他生活中并被允许留下来的人的帮助,他们一点点接力过渡将他送到更深的暗中去。作者还用近乎魔幻的笔触塑造了隐者一般制造灯泡的老头，特立独行的音乐家，他们也以自己的方式为格温的消失提供了隐遁的通道。

前来画像的人签署协议，每天赤身裸体与格温共处一室，不可以说话，等待天花板上的灯泡渐次无声熄灭，直到房间陷入全然的黑暗。画像结束后，格温将自己写完的稿子交给助理吕蓓卡，这个对格温心存仰慕却最终选择一言不发的姑娘同时也是他的第一个"抄写"对象，担负着帮他挑选客户并保管手稿的重任。吕蓓卡将"画像"交给客户，客户遵守协议不向任何人透露个中细节，也不会再与格温见面。

"写"画像的抄写员逐渐成为伦敦文化圈一个口耳相传的秘密，有了稳定的客源。格温甚至以"写"画像的方式为自己多年的出版经纪人汤姆送别：尽管汤姆坚决反对格温停止写作并搞起什么"写"画像的营生，这对冲突不断的知交最终还是达成了对彼此的理解。

一切都进行得缓慢、规律。一个不守规矩的年轻女客户却破坏了一切。情绪遭受重创的格温彻底消失，或者说，从抄写室与吕蓓卡的生活中消失了。

多年后，嫁人生子并在日常生活中逐渐将那间"抄写室"锁进记忆

103

深处的吕蓓卡在一本书店偶遇了一本书，那也是四年前格温先生消失后寄给她的礼物，他说记得吕蓓卡喜欢这个作家，还曾与他热切讨论过。当年因为太过气愤伤心，吕蓓卡将书砸了出去。可是现在，吕蓓卡却在书里认出了自己的画像，也认出了格温先生，虽然那本书的作者是别人的名字。

其中的秘密昭然若揭。

我们把一个人的彻底消失比喻为蒸发。

可就算蒸发的露水也会成为云，化为雨，翻滚成海浪，流下孩子的面颊。没有人真正消失，在能量守恒的世上，一切都只是虚假的别离。我们会以各种面目再次相逢，只是未必能再次相认。所以我喜欢巴甲科安排的这样一场重逢，我们都改换了面目，都以自己的方式消失了，但是我们彼此记得。

对于这本节奏舒缓、情绪冷静、语调克制的书来说，最后的转折是场声势浩大的反扑：一个孤独的写字的人在以自己的方式表示感谢与惦念。你成了我作品的一部分，你成了我记忆的一部分。你随我一起消失，你就是我生命的一部分。

若花解语

///

路过爱丁堡，去看苏格兰国家美术馆内收藏着的一幅Johannes Vermeer（约翰内斯·维米尔），偶遇了Jan Van Huysum（扬·凡·海以森）的铜版油画：石雕花瓶内的花卉。它属于Huysum的早期作品，这一时期的特点是作品背景都为浓郁暗影。后来不知出于什么原因，Huysum突然开始将花束置于柔和明亮的光线下。

和不断描绘同一场景下不同人物的维米尔一样，Jan Van Huysum毕生只画瓶中的花卉，光线几乎雷同，寥寥可数的风景画被淹没在繁花的浓影之中。漫溢的构图和精巧逼真的技艺，将不可能同时出现的季节性花卉聚集到一起——为此他必须耗费一年以上的时间等待所有花的开放。

Huysum在画中反复描绘蔷薇、丁香、郁金香、虞美人等花卉，配以水果、小昆虫以及露水。我没有在别的画中看见过如此甜蜜纯净的光线，有种近乎天真的无忧无虑感，以及超越真实的真实：一切都是它们应有的最完美状态，且将永远定格。他的画让我想起张先的词：双蝶绣罗裙，东池宴，初相见。朱粉不深匀，闲花淡淡春。

这是一种无用的美，没有用处，也不追求任何实际用处，因此更加动人。

想象那个三百年前的夏日午后，Huysum在他从不向人开放的画室中细细勾勒一片蜻蜓翅膀，它的轻巧、脆弱，甚至脉络上折射的光线，丝丝分明。聪明如他，一定知道在此后的很多很多时光里，将陆续有人因为这个小小发现而欣喜或者疑惑。

严格说来，我们从未真正看见过这个世界，我们看到的只是万物反射的光线。因此也可以说，是观看者本身决定着他所看见的世界的面貌。不知Huysum的眼睛曾看见过一个怎样完美的世界，而我的观看又将这美还原了几分？

我告诉你说：如果去苏格兰国家美术馆看这幅Huysum的画，记得留意右下角的鸟巢，仔细看的话，你会发现细碎的干草里有一片蜻蜓翅膀。蚂蚁、蝴蝶与蜜蜂是画中常客，但这样毫无来由的翅膀碎片我却并未在他的其他画中见到。

后来你偶然提起鸟巢里的那片蜻蜓翅膀。"是死亡。"你说，"新生、盛放与衰败，这样人的一生都在这画里了。"关于死亡的阴影的，一点点轻巧的暗喻。

有些美，是需要有另一种观看方式。我看到你用更多的阅历与体验揭示的真相，觉得时间如风一般经过。

天鹅之舞

///

在新闻里看到Jonathan Ollivier（乔纳森·奥利维尔）因车祸去世的消息时，有点无法相信。距离他在上海的演出不足一年时间。

奥利维尔或许是马修·伯恩的男版《天鹅湖》中最具男子汉气概的一任天鹅，面容有些沧桑，说起自己扮演的角色与王子之间的同性之爱，Jonathan说：我扮演的，是一只天鹅。

在我看来，除了性别，伯恩真正改变的是故事的核心：如同爱上水中倒影的纳西塞斯，王子在天鹅身上看到了希望成为的另一个自己——迷人、野性、强壮、自由、高傲，以及直接的爱的能力。

从技术层面来说，所有精彩的爱情故事都必须有无法跨越的障碍。这是每个作者都应该知晓的基本道理。而新《天鹅湖》中无法跨越的障碍甚至不是物种和性别，而是幻想与真实。剧中宫廷舞会那场戏，就是最浅显的暗示：扮演天鹅的Jonathan Ollivier一身黑衣，以拈花惹草的花花公子形象出现，王子因他与天鹅一样的面貌而意乱神迷。

最后在王子的幻梦中，天鹅们从床下钻出，厮杀搏斗，王子也耗尽最后的企盼与渴望。

你爱的，究竟是你想象中的他，还是他的本来面目，抑或只是爱情本身？

我在观众席上看得泪流满面。爱情太危险，但总有勇敢的人，被命运牵引，无怨无悔朝最夺目的光华与最灿烂的毁灭走去。就像王子在最终与天鹅的共舞中以肢体语言表达的心声：我一生渴望爱与被爱，为此不惜生命代价。

我所有的需要

///

李世石在与AlphaGo（围棋人工智能程序）的对弈中连输三局。我曾在短篇小说《皮格马利翁》中写过，人工智能AI的终极目标是世界模型，而在那之前，人类要造出能抚慰人心孤独的机器人，发明永不懈怠的关怀。

能陪你下棋的机器人，也算关怀的一种吧。借由互联网技术，AlphaGo在几次亮相中，陪伴全世界的人们度过了激动人心的数个小时。这种陪伴超越了时区、地域与文化。这让我直观地感受到了人工智能的魅力。

战果如何反而不是什么了不起的事。人类终有一死，活这几十年不能只计较成败。而人工智能有无限可能，更不会计较一城一池的输赢。我们就是想与自己创造出来的另一种可能下一盘棋。与其说是要证明自己的智慧，不如说是找一种对话的可能，一种陪伴。

我们输给自己创造出来的事物，沉迷于已知基础上延展出的那些未知，像不像爱上了自己创作出来的雕像的皮格马利翁？

这就是人类的美妙，我们拥有情感。在fact之上有fantasy，处处存在的evaluate对充沛的emotion无效。

我们还倾注心血为看见或看不见的万物命名：

花、山川、河流、星群……
风、细胞、原子、射线……

尽管在内心深处，我们清楚知晓人类并不能真正拥有它们。这种一厢情愿的深情，带着像煞有介事的童真，无用但是很美。

周末去建材市场玩的时候，卖石材的老板送了我一块大理石边角料，断裂之后没有什么用处，拿来做隔热垫正好。断裂处的纹路很好看，所以就没有让工人帮忙磨平。

我喜欢有一点折损的东西。它们无用，但是也很美丽。

111

一千三百多年前，缅伯高带着一只天鹅自云南出发，前往长安。过沔阳湖，鹅飞去，缅伯高在湖边痛哭一场。

长安城太极殿上，各国使臣纷纷向太宗皇帝献上名贵之物。轮到缅伯高时，他奉上洁白的羽毛一根。看着疑惑不解的唐太宗，缅伯高唱道："礼轻人意重，千里送鹅毛。"

人们常常问我旅行的意义，我总是答不上来。现在我觉得是为了捡鹅毛吧——那些微小的瞬间。一点都不重要，但是你记得。

这里是我这些年一路上捡到的几根羽毛。

///

这一生，不过是以沉默达成沉默本身的美与完整。

///

我大部分时间都是独自度过，孤独或许就是我最主要的功课。

///

人生像是在一条直线上迂回辗转，向着既定的又似乎是不可测的方向前行。

///

　　我想知道的是，我们是否真的能够互相懂得。

　　不是包容，不是照看，也不是原谅或宠爱，而是懂得，像解一道数学题那样，

　　经过曲折和明暗，明白一个人的内心。

　　如果不能，也没什么。生活中确实有不如意的时候。

///

你其实从来也没有，同行的人。

Chapter 3
爱有太多种面目

In Search of the Lost Time

///

流浪的人啊，满世界寻找他的心

///

法罗群岛大雨。我开车漫无目地在峡湾与群山之间游荡。

在如注的暴雨和呼啸的狂风里，听见了寂静。早已不是十年前独自在欧洲毕业旅行的我了，但如果你足够坦诚，虽为生活所累，却依旧可以隔着满身甲胄感觉这个世界的心跳。

在无序、散漫的流浪和它带来的漂泊不定感里，看清的是为人的本质：我们都只是过客。所以我按意愿选择生活，就像决定携带什么行李，决定去往哪个目的地。

选择和丢弃。坚持和放手。

我不认为未得到好过已失去。但什么是得到？

命运像深广河流，就算曲折最终也会去往它该去的地方。不要为做错的决定懊悔，我们其实从未拥有"如果"这个词。

Chapter 3

爱有太多种面目

我没有去过纽约

///

傍晚自雷克雅未克前往米兰的航班，舷窗外夜色正在涌起，墨色的潮水一点一点漫过金色的阿尔卑斯山脉。

坐在机舱口的1A位置，对面是两位青春秀气不再却姿态雍容的空乘。播放过降落通知和地面温度、时间之后，她们用英语聊起天来。来自冰岛的空乘说她只去过米兰，没有去过罗马。来自意大利的空乘说，她没有去过纽约。

冰岛空乘点头："我也没去过，听说那里很好，有新年倒数，还有走过高楼大厦的街道的那种感觉。雷克雅未克有些剧院，有演唱会，大小演出，也不错。"没想到，旁人眼中满世界飞行的空乘，也有很多不曾去过的城市。

In Search of the Lost Time

把你交给时间

在这之前我驾车自雷克雅未克出发，十天内顺时针环岛一周，一路经过西北端的峡湾、北部的火山地带、东部的冰川，独自驾车的疲惫和永远不落下的太阳让我近乎崩溃。下了火车搭出租，深夜开出租车的老爷爷在听歌剧，车厢里回荡着咏叹调。突然想起我也还没去过纽约。

"我们去纽约住一段时间可好？"曾有人这样问我。但我觉得人人都知、都可去的大都市，太不酷。就像班上女生中流行的裙子，我绝不肯买相同样式来穿。少女时代曾有过的叛逆心偏在此时复发，很不是时候。

之后的数年，我去荒野、沙漠、丛林、冰川，在地图上寻找别人没有听说过的城市。在陌生机场的深夜里读难懂的历史书籍。等我游历之后回头，那个身影早已不在。他等过，输给我的迟缓和意兴阑珊。他说，如果你以后决定写作，那应该会视野开阔、思路清晰、行文整洁。

如今我常不经意间写出情绪泛滥的句子，但已不介意自己未能达到他的期望。就像，我始终不曾去过纽约。有时候我们会爱上自己的反义词，踮着脚远观羡慕。那是我们到不了的彼岸，因为无望所以没有遗憾。

生活继续，旅程继续，我们的喜乐悲伤继续。

我是个容易气馁的人，往往将别人无心或有心说过的话记得很深，但缺乏直面的勇气，因此无从消解。像年幼时把一颗不敢咀嚼的苦杏仁遗忘在某个抽屉的角落，时时闻到苦味，却不知究竟是什么这么苦，闻着令人想哭。就这样如困兽在暗中疾走，把自伤当成寻找出路的方式。

如今在这么远的远方，我又想起了当年的那句邀请：我们去纽约住一段时间可好？起身去厨房煮一壶热茶。"生存本来就是一种幸运……但不知道从什么时候起，人类有了一种幻觉，认为生存成了一种唾手可得的东西，这就是你们失败的根本原因。"对于爱情与幸福，我们也曾有过这种理所当然的推断，直到一败涂地。

但如果没有那个人，我们的生活还在继续。爱本就是两个独立完整、并不需要彼此依靠的人变得互相依赖。如果没有那个人，我们依旧可以独自面对这个世界，把风景看透。活着本就是赤手空拳，不计来路。

爱恨太多，半生蹉跎。但我愿你到最后的最后，学会表面不动声色，内在依旧心似淬火。我愿你如今终于学会，笑着羡慕。

失去的预感

///

强风与大雨突如其来，午后还有隆隆的雷声。我开了阅读灯看书，客厅角落暗沉如夜晚。急雨打在树叶上的声音，密得让我以为每分每秒都有星在坠落。

书页翻动在时间与时间的缝隙中，世界突然安静。茶杯添了又空，茶水热了又凉。书中人历尽艰难，朝故事的结尾走去。悲伤时刻我们不明白自己为什么不幸福，但其实从来没有人许诺过我们一定会幸福，童话里都没有，生活中又怎么会有？

午餐是Hana做的橘子果酱和花姐秘制的紫苏叶裹腐乳。酸甜与鲜辣，驱散寒气。吃得津津有味。我要在下一个故事里，写一些虽谈不上多么幸福，但饮食习惯正常的人。

大家都在抱怨这天气的反复无常。朋友翻出她前几年写的文字给我看，从这些旧文知道那一年的春天要暖得多。好久没读到这样温柔的语气，淡淡的喜悦从纸背浸透，为所有字词抹一层光华，读来仿佛自己内心的烦忧也消减了，觉得轻巧，近乎欢愉。

其实也不过是关于季节与气温的只言片语，说因为他一句话，好像天就真的热了。我们常常不知道这一段并肩的刹那，会在以后的岁月里被怎样郑重纪念。那一刻，因为信任与欣赏，我们敞开了整个心扉在体会，渴望走进身边人的世界，透过他的目光重新观看面前的一切。

因为身边的那个人，一切都不再庸常。并留下一段文字，在以后的岁月里即便蒙尘，某一日开箱验取，依旧发光。

张信哲在2015年出过一张专辑，自少女时代的《挚爱》之后，我再没有买过他的CD，重新听他的歌，感觉是在听一个全新的歌手，唱与听的人，心境都已截然不同。新专辑里有首歌是从天气转凉开始，"虽然你不再爱我，我仍然爱我自己。"

那种季节的更替，其实不是更替而是螺旋消逝，我们的时间和生命在消逝。

想起有一年的三月，要形容它的灿烂，我会说日子像是用感光度400的柯达全能金胶卷拍摄的。我穿着运动衣在田野上放风筝，蚕豆花开时有微苦的香气。回想那些片段定格时皮肤还能感觉到胶卷细微的颗粒，如风过耳，沙沙作响。

学生时代，全能400金胶卷是我最喜欢用的胶卷。黄色特别暖，红色特别浓。这大概是内心渴望的另一种表达方式，希望生命更明媚、更艳丽，幽暗处诸多曲折，明亮处依旧饱满。

直到我看见这短的灿烂之后，那些长的黯淡。

记不清是从什么时候开始，对春天的期待之下开始掩藏担忧。期待就像一颗表面甜的水果糖，内里夹着苦且黏稠的心。

暮春花园里向晚的味道激发的惆怅几乎可以说是接近恐怖。浓郁的蔷薇，转暖的风，金色夕阳里，你轻声哼唱的片段，软糯绵密的幸福，是月盈而亏之前那一瞬，是高悬着的剑要落下。一切即将过去的预感，一切终将落空的悲伤。

所以，我在这凄风苦雨里，竟也觉得安心。春天还没有来，就不会过去。

三月宜播种

///

忙完一个星期的工作之后，给客厅、卧室和书房换上新的花，然后坐下来喝茶。曾有人在采访中问我喜欢英国的什么。我答：食物与天气。大家都笑。

但如果下午茶也算食物的一部分，那英国的食物也没有那么说不过去。

我喜欢下午茶。茶桌上的一切，都没有那么简单，又如此云淡风轻。

如果不喜欢什么，英国人说：这不是我的那杯茶。It's not my cup of tea. 如果说一样东西再简单不过，他们说：这是一块蛋糕。It's a piece of cake.如果要说一个人扭转大局，他们会说：转动桌子。Turn the table.那些大惊小怪的事情，只是茶杯里的风暴而已：

storm in a tea cup.

如果对某事存疑，认为很不妥当，也没有什么大不了，只是心存一撮盐罢了：with a grain of salt.

三月最大的改变是有了张餐桌，这些年我一直都在书桌上吃饭。为了多多利用这张桌子，除了下午茶，我还学着做拿铁咖啡。泡沫很不好看，像雪山一样不规则地堆积着。味道却还不错。

三月宜播种。我开始在家里种些易打理的植物，认真查资料看要怎样照顾它们。

阳光、空气、水分，以及养分。

我总是更习惯那些不可预计的事情，比如不知道会怎样发展的故事，突然决定的旅行计划。比起横平竖直，我更喜欢写笔锋转折的钩与捺。所以面对严格按照季节与环境情况来生长的植物，反而缺乏信心。

三月里我的手指两次受伤，第一次是被美工刀划破，血流如注，流到手腕的时候我晕血了，一个稿子因此耽搁了数天。第二次是被拆信刀戳破，好在流血不多。

人和动物的重大区别之一是人会使用工具，可能我进化得不太好。手指不能按键盘的那几天，正好用来看书。

我成了菲利普·福雷斯特的读者。上一次福雷斯特来上海举办读者见面会介绍他的《然而》时，曾说过葬礼是屏障般的存在，让活着的人对自己说：好了，事情办完了，我们把死者留在这里，然后继续生活吧。但是他不愿意这么做，他希望让伤口敞开。

在这部《永恒的孩子》之中，福雷斯特再次展现了纯正的文学修养，也同样明言了他对法国文学旨在"安抚生者"这一传统的背弃："我一心想在我的小说中放进大量的悲伤、愚蠢和情感。"

"朝前看吧。"我们总是这样安慰别人，甚至不太理解为什么有人愿意无止境地沉溺在痛失至亲的悲痛中，而不是积极面对、努力遗忘。但其实我们都知道，这悲痛是他们留给我们的最后的纪念，它唯一而紧密，它无处不在。只要你不愿意放手，它就能栖息在关于逝者的一切细节之中，一段破碎回忆、一帧照片、一封书信、一个共同经过的街角……

福雷斯特在这本书里讲述了女儿波丽娜的生与死，"是谁在一瞬间厚重而无记忆的期限里记载了那个温柔、天真的缺憾，令人怜爱无比。"

我们出乎意料地获得，又毫无预兆地失去。命运来了又走，我们都成了弃儿。但是，我们记得，我们叙述，我们哀恸。我们的记忆就是我们全部的财富，我们无声地抵抗。

在手指疼痛的提醒下，我更明白了他这种书写的艰难与珍贵。而我最爱的习语是：peaches and cream（完美无瑕）。愿你的生活all peaches and cream。

一世深情换场徒劳

///

哥本哈根真是个纯情的城市，有美好气候孕育出来的温良脾性，她懂得且热衷于庆祝诸如草莓成熟、三文鱼产卵这些微小的事，并对生活中的一切——大到建筑房屋，小至锅碗瓢盆——都怀有一丝不苟的郑重。对恋物者来说，哥本哈根是个好去处。

如果你偶然走进市中心这家花店，会觉得它完全就是活色生香的都市生活中一个梦境：灰发蓄须、气质如隐士般沉静的店员和一尾红色金鱼、一只棕尾虹雉、一只蕉鹃、三只椋鸟一起生活在这里。

进门就是两层楼高的鸟笼，椋鸟们挤在高枝上，打量淡紫色的鸢尾花丛。花店二楼的工作间里，堆满花卉，有些一直长到了天花板上。工作台上摆放的笔记和订单，以老旧的古董秤砣为镇纸，它们整齐摆放的样子很符合一个强迫症患者的审美。锈迹的老旧和芍药花苞的新鲜，对比强烈又很和谐：它们都有温柔的轮廓。我暗自猜想，要心怀多少热诚，才能让一家花店和店主之间有如此互相影响、互为骨血的密切关联。

"你知道这个设计师吗？""隐士"大概看出了我目光中的赞叹，拿出Luciano Giubbilei的画册轻声问，腼腆的语气像在对着植物自言自语。比湿润凉爽的空气更安静的是他的微笑："设计师在瑞典还有个庄园，那里有更多动物，主要是各种鸟类。花园也大得多，他想让生活更适得其所。我喜欢他的风格。"

凭借这种孩童般的认真，"隐士"为自己设立目标，北欧的闹市中就有了这么一处世外桃源。

虹雉看守着店中央的旋转铸铁楼梯，静止不动，像是沉浸在自己的思绪中。那个遥远的念头大概关了它更为遥远的故乡，后来它随翅膀上的爪子一起退化隐去，它学会了在这个北方的城市里散步，寻找面包虫。椋鸟们习惯了客人的到来，重又热闹起来，不停用它们的乡音商量着什么。

二楼还有个开放的中庭，改建成了一个带玻璃花房的空中花园，杜鹃和凌霄花正盛放。温室内喷泉潺潺，我看着那尾来自日本的红金鱼在青苔幽深的石盆内追逐掉落水中的粉色杜鹃花瓣。蕉鹃好奇地打量我，目光灼灼。要在北欧的气候中照料好这些敏感的热带鸟类，可不仅仅是经济的付出，还需要很多关心与呵护。

"隐士"以为我在等虹雉，于是到门口弯腰和她商量道："亲爱的小姐，您愿意去外面拍张照片吗？"虹雉看着他谦卑的姿态和手里的面包虫，欣然答应了，踩着倨傲缓慢的步子走到中庭的玻璃花房边。"隐士"低声道谢，然后离开。

虹雉在中庭踱步，彩色羽毛闪现微妙的光，她像一位任性的公主，又像被眷顾的贵妇，想必早已经在这座鲜花造就的堡垒中习惯了受到关注与宠爱。在世人的眼光中，花心是不对的，把心都用在花与物上，却又是值得称道的爱好。

"隐士"是那种天天和植物打交道并投入全部心思的人，他的举止之中有植物的沉静姿态，甚至有着和植物一样清瘦挺拔的外形。但他应该没有看过多少中国的古籍，那个遥远的东方国度，曾盛产和他一样对鸟类痴迷的性情中人。

李白因为获得白鹇而赋诗传世。张岱的《夜航船》里更有很多他的东方知音们的故事，比如乘轩鹤。说的是卫懿公，春秋时期的卫国君主，最爱白鹤，赐以俸禄官衔，"乘轩"原意指乘坐士大夫的马车，后来就用来指做官。等到狄人出兵伐卫，士兵们不肯穿战衣出征，说："鹤不是有官衔吗，为什么不让它们去打仗？"卫国就这样亡了。

看着"隐士"对虹雉的宠爱，我懂卫懿公了。社稷虚掷，换一时痛快与一世骂名，这快意是自己留给自己的，所以很值得。在那个动辄砍杀、混沌不明的时代，有鹤的白羽掠过，让后人在蒙昧之中，看见些许肆意人性。

宋徽宗赵佶的书画作品中我最爱《瑞鹤图》，画的是白鹤在宫殿上盘旋飞翔，以为祥瑞之兆。鹤姿态优美、品性高洁，且与青松并列，有长寿的寓意。赵佶以为他的王朝必将长久昌盛，可惜他后来也是著名的亡国之君。

作为亡国之君当然是要被后人诟病的。但所谓轻重其实也不过一念之间的事而已。赢尽天下人心不见自己，是不是更徒劳？如果他听见与他生活的时代和国度隔得很远很远的"隐士"在哥本哈根微笑着说"This is a life worth living for（这是值得过的生活）"，也会欣然同意吧。

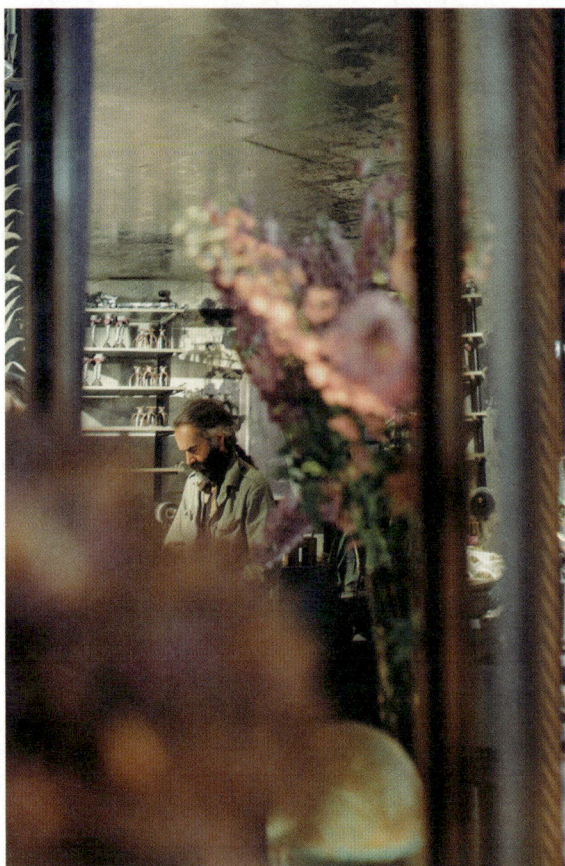

In Search of the Lost Time

把你交给时间

寂寞也是应该的

///

夏天的时候我又去了冰岛。一直都是白天，我每天开着车疾驰在不同的景色之中。不会落下的太阳让我觉得，我们为自己设立的那些参照其实是不成立的。时间是不成立的。那么建立其上的速度与岁月，也是不成立。以时间为度量依据的深情也只是虚妄。

不需要闹钟，自己醒来，去厨房倒水喝。窗外的雪山顶上，雪光与晨曦交叠，是闪着金光的粉红色。经历过那么多景色，我好像从未见过如此光亮的景象。

"你有什么爱好吗？"我曾这样问你。"独自坐着算不算？"你回答。

我在明亮的雪光里，想起你的笑容，你寂静的侧面。你镇定自若的言谈举止下藏不住的那一点点腼腆。

你是爱坐在灯影中的人，需要这份静与暗，去看清世事的来龙去脉。你是暮春喧哗宴席之上，闲闲但饮不语的那个。微醺之时，折一枝芍药，别在衣襟。

我们相爱过，可能是一瞬，也可以是一生。

喜欢你像喜欢这里日落与日出之间的短暂黄昏，如此平常又如此难得。云团缓缓吞噬积雪的山峰，青绿色巨石落在黑色沙滩上，天鹅停满湖面，驯鹿群奔跑。山丘表面铺满细腻的黑沙，好像整座山都是细沙堆积而成，你呼一口气就能吹散连绵的山丘，像吹开一朵蒲公英。

愚公移山，不费吹灰之力。

是你让我觉得，面对这个世界只是观看而不试图去理解，是种莫大的浪费。

多年后我想起这片风景，会明白自己曾经如何努力地远离你，如何努力地找寻你，如何努力地接近你。没有姹紫嫣红，不曾山穷水尽，女贞香气一样执拗又沉默的心情，也渐渐淡去。

那阵子走得很远，手机信号很差，有时几天没有。但我入睡前还是会将手机连上Wi-Fi。醒来时会有你的微信。有时候你说的话没头没尾，有点像自言自语，又或许是知道会有回复般笃定，就像是面对面各自看书或饮茶的友人，其中一个突然说了什么，另一个自然而然地把话题接了过去。但我们之间隔了一万多公里，八小时的时差。

有时聊着聊着，你会像突然想起来似的问：你那边几点？
有时候又问：在哪里呢？
或者是：很累吧？
快回来了吧？

讨厌被提问的我，对他人探究厌恶的我，总是认真地回答着这些问题。原来问了什么并不重要，关键在于提问的人是谁。进进退退之后，我们的友谊达成这样一种默契。

我对你的信任又从何而来？你像是一本好用的字典。你像是阴雨天气里弥漫面包香气的咖啡馆。你妥善保管我的疑问和疲惫。

因为遇到你，我真切体会到我们有很多自由，却没有什么权力。比如：我们有爱一个人的自由，却没有拥有他的权力。我们都有转身离开的自由，却没有要求他挽留的权力。

路上我在读一本读了很久的小说，书里的主人公和你一样，拥有一切，其实却并无选择的自由。无法选择拥有也无法选择失去。我很为他感到悲伤。如果让我选择，这世界上最喜欢的时刻之一，是放妥行李、盖好薄毯、扣上安全带那刻，空乘过来，微笑着取走饮料杯。

我要去某个国家某个城市。我不用选择。我别无选择。我安安心心地闭上眼睛。

因为遇到你，我开始觉得孤单了。原来这世界上依旧有我想要得到的东西，一念之间，意识到自己活着。

活着，真是寂寞。

Chapter 3

爱有太多种面目

Chapter 3

爱有太多种面目

过路人

///

那年夏末秋初，因为工作需要，我开车自巴黎前往慕尼黑。进入阿尔卑斯山区之前，路过一个只有几十户人家的小镇。太阳快落山了，少年骑着自行车飞驰而过，男人们在酒吧里喝啤酒，农夫在仓库里堆干草。

我们歇一歇，还要趁夜幕尚未降临再开两小时。

这样安静简单的生活，有点像我的童年时光。那时候我在院子里种一垄草莓，下课回家仔细地找成熟的那几颗，摘了吃。晚饭前去河里游泳，游得累了，上岸回家吃晚饭。

这样的日子后来没有机会重温，却在记忆角落的抽屉中因时间流逝而更显美好。

这次旅行的同路人后来再没有见过，只留下一些照片。

我的生活中有过许多没来由的相逢和注定的离别。2016年开初的几则大新闻，都是关于离别。这更让我体会到"注定"两字的无奈，无可躲避并不意味着坦然接受，到那时我们依旧讶异惊诧，心痛悲伤。原来，没有什么会长久停留在我们生命中。

现在我结束旅行回到上海，得知身边的几个朋友健康出现问题。

我有点担心，因为很多事情我还没有准备好。我最擅长的事情就是打包行李，走得远远的，充当一个礼貌安静的游客。拜访漂亮的店铺，挑选知名品牌的衣物，在带星的餐厅试新菜。

—Hi there. How are you doing?
—Great, everything is just perfect.
—Enjoy.
—Thanks.

生而为人，只是经过这个世间。我能一直这样，做个过路人吗?

我只想路过，不想停留，因为此刻的我，尚没有勇气等散场。

只有温柔可以做到的事

///

今天立秋，清晨握着水杯站在客厅的凉风里，你知道自己会没事。毕竟，这样的炎夏都熬过去了。

"你一定很会做菜吧？"我对在应酬饭局上认识的陌生人这样说。他有些惊讶，犹豫片刻才回答我："以前是。"和所有其他人一样，他反问："你怎么知道的呢？"

我也不知道，可能因为他们经常和锅碗瓢盆打交道，所以身上有一种属于厨房的、特别的气息。也可能他们对面前的食物有着与他人不同的态度。"很久之前，我曾做过酒店总厨。"他答，"但是很久以前了。"

"做饭和骑自行车一样，学会了就再也不会忘记。"我说。他笑了，点头："对。"

"怎么做水潽蛋？我做的总是散了，蛋白漂得和棉絮一样。"我问了一个心存已久的问题。

"完美水潽蛋的秘密，"他说，"是要用温水。将新鲜蛋打入即将沸腾的水后即刻关火，等几分钟就好，一时忘记了也无所谓，因为水是温的，鸡蛋不会煮得太老。一定要在水沸腾前打入鸡蛋，水沸腾时候的气泡会将蛋白冲散，也会破坏溏心的美好口感。"

水潽蛋的秘密，是温柔。

小时候读纪律森严的寄宿学校，有天熄灯后偷跑出去看午夜场电影，是简·康平的《钢琴课》。看完电影回学校的路上，深夜的城市，空无一人的街道，天空中有星。仿佛听见钢琴声从深海传来，从那一刻起我爱上逃课，开始了晃荡的青春期。

再看简·康平的电影已经是十多年以后，这部《明亮的星》。一个爱做漂亮衣服的女孩因为他写的诗句爱上了住在隔壁的那个诗人。

　　明亮的星！我祈求像你那样坚定——

> 但我不愿意高悬夜空，独自辉映，
>
> 并且永恒地睁着眼睛。

影片的最后，诗人的灵柩被抬下西班牙广场的台阶。他说她是最明亮的星，自己却先坠落了。

后来我去罗马旅行，住在西班牙广场边的酒店里。看着窗外青色夜幕上的星如坠落的泪滴闪亮，我想还是不要轻易爱上一个温柔的人，在他离去之后整个世界刹那枯萎。

我从来不是温柔的人。衣橱里曾只有黑白两色，后来渐渐有了灰与粉，大概是心下知道白己的性格里少了太多柔和，所以需要一点伪装。我多年前写的爱情小说《如果没有你》再版，开始设计封面的时候就向编辑请求使用粉色，那种带一点肉桂暖的粉。

编辑很快发来设计样稿给我看，腰封搭配了寒冬冰蓝色的激流。一眼就知道它是我要的封面，这些都是这个故事的颜色。书到库那天我碰巧去了一座粉色的山丘。在严酷的火山地貌边缘却有这样温柔明媚的颜色，像一句隐喻。

书中，男主角尹年在没有想过要投递的信里对分别多年的女主角商影年说：人生的取舍，不可能总尽如人意。但其实心下知道，失去你是另一回事情。

这也是我决定将书名改为《如果没有你》的原因。一个叫人扼腕的假设。午夜梦回时分，不知前尘是真是幻的那种悲伤。

你的名字

///

在我家，母亲大人是不懂烹饪，也不大进厨房的。问原因，她回答："我是西医内科，不动刀。"小时候不懂西医内科究竟是什么，只觉神秘。放学后去诊所等她下班，认真打量她工作的样子，想参透其中奥秘。发现她会向病人细细提问，略作思考，说出病症的名字，然后快速写出一张药单，病人道谢，去药房取药，简直像算命先生一样神奇。我问她："病会好吗？"她说："当然会啊。"我又问："那是因为你猜对了病的名字吗？"她笑："我不是猜的，但你说得也对。"

更小的时候我最怕刮大风，总觉得大风里藏了什么会掳人的怪物。那时依旧在世的外婆也不叫我捂耳朵，只是眯起眼侧头细听，说："啊呀，那是条黄毛大狗，个头大却没有爪，只会叫，不要紧。这只呢，是长尾鸟啊，胆子还没麻雀大，就是嗓门比较吓人。你听……你听到没有？"年幼的我学她的样子侧头辨认着屋外的声音，努力在风声中听出一条狗与一只鸟来，很快忘记了害怕。据说这认真的神情，后来一直没有改掉。

这是我童年听过的最初的童话，只为我一个人编的故事。

说中就是解脱，说出名字的那刻，就被赐予了痊愈的能力，也获得了直面的勇气。

我想，除了刻苦学习，母亲可以迅速"猜中"病症的能力，多少也是遗传自外婆听风的能力吧。这能力传到我这里，就成了把听来的故事写成文字，模糊遥远落在白纸上，字字分明起来。

那些陌生人从不同的风景里走来，将心事托付于我。我从断续或简短的叙述里听到他们内心的隐痛，就像母亲从病患的诸多病症中推测出病因；我从沉默或叹息的间隙听到他们无从摆脱的忧惧期盼，像外婆从风声里听出怪物的名字。

你说，我听。以此，我们之间建立契约。如果我写对了，你就从困住你的咒语中站起身来，你就自由。

157

所以我认真地遣词造句，谨慎地推敲人物性格，遵循你的渴求描画一个美好结局。

很多时候，坐在明亮的灯下面对闪光的电脑屏幕，却如坐在沉沉暗中，寻不到故事的线头，理不清命运的针脚，千头万绪之间惊恐顿生。这时我会想起外婆，想起她侧头细听，想要听清楚一个名字。于是我对故事里的人说：请告诉我你的名字。你自哪里来，你要去往哪里？他们略作停顿，克服最初的拘谨之后开始诉说。

我把答案一一写下，就像我的母亲，用蓝色墨水写一张药单。看它们经由一双双勤勉细心的手，付梓成书流转成另一段命运，方才醒悟，原来我要医治的，正是自己。

此时此刻

/ / /

我习惯了随手将车钥匙放在门边的柜子上。无论哪个国家哪个城市哪个短暂住处，门口总有个储物柜、鞋柜、置物架或者边桌让你放钥匙。

嗒一声，到家了。

现在你可以脱掉外套，去厨房煮一壶热茶，你总在行李箱中携带的茶。不同国家的水质会让茶味略有不同，但你喜欢品尝这不同，正如你品尝不变的相同。

茶很烫。你坐下来慢慢喝。窗外在上演黄昏与黑夜的交替，世界被无声地从一双手交到另一双手里。你盯着茶杯，假装毫不知情。

那些生命中错过的事，尚未发生的事，永远不会发生的事，会在这样的时刻列队上演。它们是陌生城市里明灭的街灯，广阔海域里无人的小岛，深夜呼啸远行的列车。

你要保持冷静，看它们出现在你面前，然后远去。

在所有的不确定里，它们是最接近事实的可能，就如同太过真实的梦境。我们太脆弱，有时被这样的梦境所伤，反而在真实生活中束手无策。

好了，现在去睡吧。做一场不会被记住的真正的梦。

梦里有人在说：穿好衣服，拿好钥匙，我们要出发了。但是穿的是哪件外套呢？手里的钥匙来自哪辆车？要去哪里？

没关系。这只是梦。你翻个身把那些问题留给窗外渐渐亮起的清晨。

我在这里，此时此刻此地。

In Search of the Lost Time

把你交给时间

六百年时光之味

///

我是个幸运的人，身边都是懂得欣赏和珍惜食物的友人，托他们的福，我吃过不少滋味绝佳的饭菜。有些是在他们家的厨房里，有些在路边的小餐馆，有些在异国他乡的高级餐厅。上海小公寓里现烤的比萨，按我的口味撒满芝麻菜。雷克雅未克厨房里兔子形状的蛋糕，边角烤焦后有一点脆脆的。惠安老街的米粉，和下班的当地人一起坐在路边树荫下吃。初秋伦敦天台上的烤茄子。托尔斯港郊外的KOKS松针熏过的新鲜鳌虾。

还有就是多年前在奈良郊外的吉野山上吃的这一餐会席料理。也是如此刻上海一般的盛夏，只是水汽被烈日蒸发，感觉要舒爽许多。竹林间云雾弥漫，暴雨之后常见横亘整个天空的彩虹。

因为料理需要准备，所以提前数周以邮件的方式做了预约。前往就餐的那天，工人清早就开始采摘竹林院自家菜园里栽种的蔬菜和吉野山上天然的食材，烈日发威前送到厨房由厨师进行烹制，一餐饭前后共花费十多位工作人员两个多小时的辛劳。食器质朴无华，但七道前菜中，作为食物与食器之间垫衬的树叶与薄黄瓜片都雕刻出精美花纹，与季节呼应。随后上来的是碗盛的汤，菌菇鲜美有山野气息，待煮物与烧物上桌时，我已忘记自己置身哪个时代。

餐室光线幽暗，竹林绿树的光映在古旧泛黄的移门上，隐约是洒金的古画。而窗外景色，正是这桌料理最珍贵难得的背景：茶圣千利休设计的群芳园。

吉野山竹林院为大和三大庭院之一，其中的群芳园是千利休奉丰臣秀吉之命设计建造的园林，借鉴了宋代中式园林的风格，为回游式庭院，并不宽广的空间内有木桥清泉，自然景色与亭台相融。意象简约，气韵悠远，体现了千利休对禅宗思想与审美的把握能力。

关于千利休的各种传说因《寻找千利休》这部电影而热门起来。这个以对美的鉴赏力赢取天下人心的宗师，扭转丰臣秀吉喜爱的铺张奢华风气，推崇和、敬、清、寂的茶道思想，他的影响力在当今的日本依旧强大。千利休最终因声望获罪，这个定义了美的人决定定义自己的人生，选择以不辩解、不谢罪、更不求饶，而是切腹自尽的方式回应丰臣秀吉的猜忌与惩罚。

此后细川幽斋接手了花园的建造，这位会作和歌的武将与宁折不弯的千利休不同，他审时度势，乱局之中适时变换阵地，得以保全家业并加官晋爵。细川还是《古今和歌集》的传授人，拥有手写的《古今和歌集》秘卷，他的死意味着和歌集的失传，因此得以逃过数次性命攸关的劫难。他的儿子细川忠兴是千利休最著名的七位门徒"利休七哲"之一。

用餐完毕，主厨手写的菜单以细线束好为客人呈上。展阅之时仿佛亲见厨师在厨房认真书写的样子。美食在我看来，不过是两点：一食材新鲜地道；二烹制者有心。群芳园的料理正是对这两大要义的最佳阐述，更不用说还有千利休设计的庭院做背景。

"如果有缘，真想再次拜访啊。"我对那位带我去法罗群岛吃螯虾的朋友这样感慨。

我记得这些旅行开始前，那杯在风暴里喝完的香槟。

曼谷是我拜访的第一个东南亚国家，她的活力与丰富让当年的我甚为惊喜。摩天大楼林立的商业区有家餐厅叫vertigo，是眩晕的意思。这间餐厅建在61层高的酒店顶楼，全露天，毫无遮挡，可以俯瞰蜿蜒的湄南河与整个曼谷。这个名字起得很好，因为站在透明玻璃搭建成的边缘，确有眩晕感。

我记得那天的侍应生叫O，血统复杂但轮廓美如杂志模特儿。他倒香槟的时候我注意到计划中的落日没有降临，整个天空变成了一种诡异的橙色，然后暗红彤云开始翻涌，暗紫色的城市边缘，又镶一道金黄的边。金色不断蔓延，与彤云交缠。

看见我迷惑的神色，O俯身轻声说："是暴风雨要来了。"

"还有多久？"我问。那时尚没有经历过热带风暴的我不免有些无措。

"大约十五分钟。"O抬腕看一看表，好像风暴是他在等的某个朋友，"来得及喝完这杯香槟。"我点点头，拿起冰凉的香槟杯，云的金红色映在翻涌的小气泡里，让人看得入迷。O若无其事地站在我身后三步远的地方。我就这样在风暴的边缘，四面悬空的楼顶，这辈子见过的最妖艳的天色下慢慢喝着香槟。然后暴风雨如期而至，狂风掀起桌布，我们暴露在风暴之中，四周都是酒杯破碎的声响。

"请跟我来。"O上前帮我拉开椅子，镇定地说。在我们四周飞舞着

In Search of the Lost Time

把你交给时间

白色桌布、花，还有刀叉。

我放下杯子，看着它转瞬被大风卷走。其他盛装的客人都早已聚在室内餐厅狭窄的走道里等待安排座位，像一场歌舞剧的后台。

"你们一年摔掉多少杯子？"我问。

"雨季的时候，大概二百只。"O答，"陶小姐，您的位子好了，这边请。"

我记得那场大雨下足整晚，电闪雷鸣。代表一年一度的雨季正式开场，让人精疲力竭的炎热将得到缓解。我还记得坐在窗前看雨，国际新闻台播报突发新闻说：叶利钦逝世。那么，已经过去八年。

近来我常有时间如激流的感觉，很多好像发生在不久之前的事其实早已遥不可及，很多旧时坚持的信念也被冲得七零八落。但我记得那天为保护肠胃只点熟食，比如十分熟的澳洲顶级牛眼，厨师反复派餐厅领班前来确认后崩溃了，上桌的牛眼肉看起来撒满"绝望"这味调料。后来我的目的地越来越远，很多耿耿于怀的细节也渐渐不再挂怀，一路吃过无数路边摊与快餐，在爆发疟疾的肯尼亚我也一样跟渔夫出海割生蚝回去饱餐；在奔波路上，万物有不同的轻重缓急，像不同星系之中，行星有截然不同的行进速度与轨迹。

我一直记得那天曼谷的天色，记得，即便身处风暴中心，也不妨碍你好好品完一杯香槟再说其余的事。或许，这杯暴风雨来临前的香槟，才是我旅行真正的起点：它为后来的许多事写好了一个镇定坦然的开头。

只为一句无法实现的诺言

///

——我不该骗你。

——你没有骗过我，是我选择了相信。

我到伦敦了，那天早上自爱丁堡出发的火车一站一站停靠，下午才到King's Cross（国王十字街站）。临时决定搭火车去伦敦。比起快速的飞机，我更喜欢火车，每次停靠都感觉是认认真真地走了一程又一程。

车窗外的浓云下是咆哮的海岸线，暴雨带来的洪流仿佛要将这个岛屿吞没。我遇到英国近几年来最糟糕的天气，得了重感冒，此刻依旧说不出话。神志恍惚，什么都不能做，就看看老电影。

说来有些不好意思，时隔这么多年，差不多所有的细节都已经模糊，但现在我重看《玻璃之城》，片头的音乐响起时还是会哭。

那是个手机尚不普及的年代，穿黑色长大衣的许港生开车在伦敦的那些桥上兜兜转转，焦灼地寻找任性出走的韵义。世界这么大这么忙，时间的河这么长这么宽，他们总是遇见、错过。明明知道有缘无分，依旧爱得那么不潇洒，怎么都放不下。

韵文的女儿康桥在维多利亚港边对港生的儿子康桥说："我妈妈喜欢你爸爸，也有二十年了。"两个同名的孩子仿佛是所有遗憾凝结成的向往。整整二十年，连孩子都取一样的名字，怎么有这样拖泥带水的爱情？

我这么干脆一个人，最看不过眼的就是无谓痴缠，所以也是实在不知道自己哭什么。一别两宽不是很好？

下午出门散步。空着手走在伦敦的大街上，身上是那年在伦敦买的大衣，想一想也穿了有四年多，越来越合身，都已经开始磨损变薄。Regent Street（摄政街）上那些熟悉的店招迎风飘扬，只是街灯换了新的花样，金灿灿地闪烁起来。

Something old something new（一点新一点旧）。我喜欢伦敦，因

为时间在这座城市有它自己的步速，再远的记忆都仿佛昨天。在冷风里等一个长久的红灯，久得我想起来，很久以前，原来那个在伦敦读书的我，也曾为爱辗转。

进地铁的时候突然想明白，我的眼泪是因为羡慕，羡慕的正是港生和韵文的不潇洒。从一点点吸引、一点点冲动开始，一起去面对那么多转折与难题。放不下并不是因为懦弱，而是这爱经得起消磨。因为要和你在一起，所以再痛都不能放手。

人生中有多少事经得起琐碎生活的消磨呢？我们在奔忙中结束一段感情，像仓促起身时带翻一只茶杯。

后来，我们伪装成干脆与决绝的寡情和意兴阑珊，又是说给谁听的谎言呢？

Chapter 3
爱有太多种面目

让我们以庆祝的方式告别

///

2015年对我来说是相对平淡的一年，但我们对时间永远贪婪。当飞机在夜色中飞越西伯利亚，依旧暗自高兴能在这一年里多停留八个小时。

这个季节的爱丁堡多雨，酒吧永远人满为患。酒店出门右拐就是因为J.K.罗琳而闻名的The Elephant House（大象咖啡馆），永远人头攒动，我走进对面那家蓝色的咖啡馆喝茶。上一次来爱丁堡，还是和相识十多年的朋友。生命里，多的是聚散，我已经把它看作期待。

今天是2015年的最后一天，我写了几张明信片，也想过要写一张给你。

但不知道说什么。一张卡片，也是写不下什么。想用"不知不觉"这个俗套的定语，但其实每一天是怎样过来的，都清楚记得。付出的努力、气馁时的低落、收获的失望与惊喜，也都明白。

The Princes Street（王子街）上的圣诞市集还在继续。此刻，留在国内跨年的朋友们已经开始讨论晚餐和聚会，微信上很多留言和祝福。我这里还是中午，苏格兰人的庆祝则已从昨晚正式开始。喝着茶，觉得有点眩晕，我的虹膜上依旧留着昨天那些火把和烟花的影子。

传统的Hogmanay苏格兰新年夜以火把节开场，苏格兰乐队和维京人出动了。风笛与鼓点响彻全城，没有比苏格兰风笛声更令我感觉振奋的音乐了，它带着苏格兰山脉和高山蓟的呼吸，那种不屈不挠的力量。

在维京人带领下，大家举着火把，穿过爱丁堡市区，去Calton（卡尔顿）山顶点燃篝火看烟花。

一千二百多年前，维京人入侵苏格兰北方的岛屿，也带来北欧人庆祝冬至的传统，这是最早的Hogmanay。很多人不知道的是，从十七世纪直到二十世纪中期，苏格兰都不庆祝圣诞，Hogmanay才是他们在年末最盛大的庆祝仪式。

我喜欢这个异乡的跨年，和陌生人一起看了那么美的烟花，身边都是温暖的火光和祝福的拥抱。

让我们像苏格兰人那样，以一场盛大的庆祝来告别，在内心永远知道自己是谁，并以此为傲。

把自己交给时间

///

因为厄尔尼诺现象，这几天上海的天气像春暮夏初，空气里有濡湿的暖意。摇下车窗，和煦的风吹得人快要在季节的界限里迷路了。如果把日历往回翻到五月，也没有人会觉察吧。

我们太容易迷失了，所以才设定出那么多的参照物：方位、时间、明暗、冷热。随之有了距离、快慢、日夜与季节。如果我把手表取下，决定脱离这些参照物，设立自己的宇宙呢？

我知道有个人曾经逃脱过，或者说短暂成功了。为逃避不堪忍受的婚姻，他在市区的某家酒店住了整整一年。将原本安稳富足的生活拆解、折叠、压平，简化成一间酒店客房，具体来说是衣柜里不可拆卸的衣架上那几件换洗衣物。在英国读完硕士学位回国之后，我曾在一间酒店公寓住过半年，所有行李装不满一只箱子，没有书架，没有厨具，没有自己的家具，同事送了一盆肉桂色的小月季当生日礼物，它在蚜虫和营养不良的双重攻击下很快夭折。

我不知道那位朋友后来在他波澜起伏的人生中会怎样回忆他的这段酒店生活。我记得的场景非常稀少：朋友在欧洲旅行时寄来的明信片放在床头柜上，还有就是在窗前赶稿，盛夏的暴雨，紫色的闪电劈开灰色的城市夜空。

尼采曾说："至今一切伟大的哲学……都是作者的自我告白，某种不经意的、无意识的回忆。"但没有生活就没有回忆。要等到我找房子住下，逐渐为自己找到柴米油盐的生活才开始写第一本书。当然也并不知道，再过两年，我又将在很多很多个酒店之间辗转三年的时间，并在这样的颠簸不定里完成两本小说、两本译作。

如今大概是目前为止我生命中最安稳的一段时光，有了时时聚餐的朋友，定期更换鲜花，将每年远行的次数控制在三次以内，我为自己找了很多很多的参照。每次下意识地拿相机拍下书桌和书架上不同的花时，就仿佛听见有个声音在说：你在努力生活。

///

我们相爱过，可能是一瞬，也可以是一生。

///

如果没有你，我们的生活继续。

///

我们有爱一个人的自由，却没有拥有他的权力。

我们都有转身离开的自由，却没有要求他挽留的权力。

///

生而为人，只是经过这个世间。我能一直这样，做个过路人吗？

///

我只想路过，不想停留，因为此刻的我，尚没有勇气等散场。

///

人生中有多少事经得起琐碎生活的消磨呢?

我们在奔忙中结束一段感情，像仓促起身时带翻一只茶杯。

HAN KJØBE

Chapter 4

各自坚守，各自自由

永无乡

///

清晨是我最喜欢的时刻，无论是正在读还是正在写，我都会停一停，熄了灯，看天色渐渐亮起的过程，光像潮水在房间里上涨，我不徐不疾地用目光打捞自己书桌上的物品：键盘、纸笔、火柴、蜡烛、茶杯、手霜、指甲刀……一切开始显现它们的轮廓，从模糊到清晰，从陌生到熟悉。然后光线变得直接而平淡，回归日常。

这是我们都喜欢的，也是唯一喜欢的改变方式，如同一场短暂的化装舞会。这黎明时分幽微的暗中，那些还没有写完的故事会浮出水面，然后重新潜入水底。一尾尾来不及捕捉的鱼，抖动鱼鳍。

这几天读的是纳博科夫的《独抒己见》，书里收录了他的采访和文学评论，英文原名是 *Strong Opinions*，很符合他在大众心目中的形象。但我在英语原文中没有读到流传甚广的那些粗俗不礼貌的字句，而是鲜明观点之下，对语言像他对待蝴蝶标本一般熟练而细致的处理方式。"作为一个作家和学者，我看重细节胜过概括，意象胜过理念，含混的事实胜过清晰的象征。"

对于蝶类的痴迷，对于自己拘谨的性格，对于《洛丽塔》带来的盛名，对美国文化的看法，对故国的看法，对同时代作家们的评价……纳博科夫都一一作答。无论真假，他都以作家的身份扮演了一个合格的受访者角色：人如何掩藏自己远比如何展示自己更重要。掩藏是最机智的表达。

"I will never return. I will never surrender.（我永不还乡，我永不投降。）"纳博科夫这样对BBC的记者说。这句话背后的故事，是一段史诗。时代巨变之中，衣食丰裕的心灵流亡。那个童年的纳博科夫，留在了永无乡。他遥遥观望着住进象牙塔里的那个年老了的自己，在酒店的书桌前用另一种语言书写，却依旧等待着一个响应，等待一个无声的空洞。

我常常把年轻时候在伦敦的读书岁月当成我的流亡。

很少在旅行中生病的我，到伦敦后得了重感冒。将空调温度开至三十度，依旧觉得冷。因为不停剧烈咳嗽，眼底毛细血管破裂，整只右眼都淤血，像困兽一样有一只暗红色的眼睛。戴着眼镜裹紧外套出门，发现街上的人们，早已换了轻松的春装。

我们的身体是有记忆的，它并不是只受大脑支配的傀儡，在充当一个沉默而忠诚的执行者之外，它也有它的心事。那些病痛感就是它以反思的方式向人提问：你究竟对自己做了什么？

这些年我常常回到伦敦。这些年我对自己做了什么呢？

伦敦还是记忆中的样子，阴郁的时候仿佛世界末日就要来临，晴朗的时候又好像你拥有全世界的希望。我想起当年在伦敦爱到心碎的奥斯卡·王尔德曾写道：爱自己是场终生的爱恋。

如今觉得，伦敦真是个很酷的地方：她剥夺了或者说不在乎人类低级的享受——温饱。天气时常不太好，尤其是冬天的时候。食物很糟糕，米其林餐厅也不过尔尔，且没有改进的打算。饱受摧残的人们于是开始追求另一种高尚的灵魂的享受：文学、艺术、设计、音乐……如同苦难的国度总有坚定的宗教信仰。

在最初接触社会的时候，我一个人在这样冷的伦敦，一个人面对季节变换，可以一天不用说一句话，只是埋头敲击键盘，以不是母语的英文写作业。隔膜之外复又隔膜。就是在那个时候，我在关上一扇窗的同时，打开了另一扇窗——透过它与自己对话。那不是望人镜中那么简单的过程，而是背对世界，坚决地在暗中走出光亮来。

记得盛夏时候伦敦也并无高温，天色常常到晚上十点半都没有黑透。星星出来了，我在窗前熬夜写论文。有时候太累睡着了，醒来发现一个单词拼写了一半。困倦之际觉无以为继，在寄回中国的信里写：夏令时了，我与你的距离是七个小时，而不是八个。

伦敦以她的沉默教会我：认识自己，接纳自己，像良师益友般关照自己。

原来，在去除了各种身份之后，抹去了地域的界限，各自的喧闹复归静寂，我们都是一个人。一个个独立的个体。在遇见时借着彼此的体温取暖，但永远无法打破个体的藩篱。我们因此知道了友情的珍贵，亲情的无可取代，以及孤独的不可避免。

这个体悟的过程，耗去我十年时间。

Chapter 4
各自坚守，各自自由

心安处

///

三十岁之后，突然爱山。曾经我爱海，连带着爱了海里的岛，流连在一座座热带岛屿，热带的阳光已能让我有饱足感，像是游在金色的黏稠的蜜里。

后如大梦初醒，开始向往山上的雪光。

都说爱不需缘由，但想一想，大概是爱山的静。"风雪劲切，人畜相依。国之南界有大雪山，朝融夕结，望若玉峰。"

我到仁安的清晨，积雪的群山顶上，云正散去，仿佛诸位神仙正次第醒来，打算看一看这片守护了千万年的土地。

我喜欢这个名字：仁安。仁者乐山，到此地或可得心安。隐约记得山谷河边的村庄有传承多年的名字，藏语分别叫作：给诺、西亚、组母古、达拉、古古与林都，分别是小寺庙、金牦牛、牛皮、织布、杜鹃鸟与躲藏在山谷之下的意思。而小寺庙正是山顶被奉为"五佛圣地"的大宝寺。传说里，在杜鹃鸟开始啼叫的季节，有金牦牛出现在山腰，于是寺庙在这里建立。生活在村庄里的藏民世代以放牛、织布、种地为生。

山坡上开满灰背杜鹃，在这片以杜鹃花闻名的土地上，灰背是最坚韧的一种，不一定等到夏天的温暖与阳光就开紫色花，花形小巧，要等你见过高海拔处那些姹紫嫣红，才明白它近乎沉默的盛放。牧群啃过的草地，散发薄荷的香气。

我住的这座村叫悦榕，附近村落里不用的老房子，都改建到这里来，面向河谷站立。脱下自北欧穿来的外套，从衣柜取出黑色藏袍换上，门外是呼啸的风声，吹走了暮色，换一轮圆月。松鼠在屋顶追一颗松果，嗒嗒嗒，嗒嗒。点一支香。高原反应也跟了过来，我去大堂讨姜茶喝。

漆黑头发，红脸颊，年轻女孩坐在窗前，光从木格纹的窗里透过来，照在她身上。一双眼睛有光亮。除此之外，屋内是沉沉的黑暗，这暗如织了百年的厚毡铺地上，吃掉你话语回声，我的询问听来有种不确定的干脆。这房子，真有百年那么旧。你仔细打量，每一块木头上都有编号，以方位与数字为号。拆毁重建，往来多少次都如密钥严丝合缝，稳稳站在缓慢的时间与藏区特有的迅疾大风里。你找着编号，像探寻积木游戏的乐趣，又像寻找关于生生世世的承诺的密码。

女孩抬起头来，眼眸如星闪在暗中，她稳稳地应承我："有，有。"然后稳稳地端出杯盏来，说："您慢慢喝。"

暖的、甜的、辣的，气息如火，烧到胃里，但不灼人。这点暖刚好把我内里断得一截截的念头重新焊起来。

"茶还有，您要不要再来一碗？"

但是人生中，很多时候都没有这一碗姜茶等我。恒久都是些片刻与细节。像这一杯姜茶的暖意，错过了，就错过了。

第二天清晨，向导肖龙梯牵着匹马在村口白塔下等我。作为酒店在当地经济扶持项目的一部分，住店客人可以在酒店预定藏民家访项目。

天气晴好，马走得慢悠悠，仿佛云朵飘动的速度。走过河上的木桥，肖向导回头对马背上的我解释说，他名字的发音在藏语中就是过了一座桥的意思。当他尚在襁褓中时，母亲为保他将来健康成长，曾背着他穿旧衣过木桥。

藏民的家白墙木窗，如堡垒般壮阔堂皇，细看时，发现每扇窗户每道门楣都有繁复的手工木雕装饰。灶上热着一早备下的饭菜，有土豆、熏肉和酥油茶。

"你是城里的读书人，可过得惯这样的生活？"肖向导一边给我添茶一边问。我往炉火里加一根松枝，并不确定要怎样回答。

城市的便利与热闹，衬闪烁霓虹灯，如今想来真是配得上"红尘"这个词。而这里的天地如此广阔，一切都是金灿灿的，金色土地与金色阳光之间，是各种层叠的绿，或明或暗，看得人心里一片澄明。即便在转身之后也会如曼妙的梦境，不断在记忆里重现。

吃完午饭骑马上山，鼻尖闻到松枝的清香与酥油茶的浓醇混合在一起，树林后有溪流潺潺流淌。我闭上眼睛寻找溪流的方向，有鸟从头顶上飞过。

我想起来，这场景就像《千与千寻》里，找回自己名字的千寻终于认出了琥珀川。

属都岗河百转十回，就是我们寻找本心的旅程。

傍晚回到悦榕，银发蓝眼睛的老先生坐在面对河谷的阳台上，金色的黄昏正经过他深蓝色的背影。他慢慢地，眨一眨眼睛。在这里住久了，你会发现，在清晨和黄昏的某个时刻，阳光会像纹路细微的羽翼，轻轻拂过你的眼睛，在睫毛上留下粉末。眨一眨，就抖落了，但你的眼睛会短暂地失明，待恢复的时候，如同被重新点亮的灯火，能照见山谷深处的牧群。

他走了这么远，大概听说过，中国曾经有个姓陶的诗人，选择在山脚度过后半生。

侍应生拿了冰桶和红酒来，他独自喝着。在这样壮阔的黄昏喝一杯本地今年酿的新酒，多么像人生的广种薄收。

没有时间孤单

///

去年秋天在威尔士旅行。

背着旅行袋，坐上火车出发："是我青山独往时。"但威尔士的秋天来得特别早，又特别美。其实已经满山层林尽染，第一次知道黄与橙这两种颜色原来有这么丰富的层次，与绿色和蓝色配搭之后，这样赏心悦目。

去Snowdonia（斯诺登尼亚）的前夜在港口边的小镇过夜，那是一幢粉色小屋，楼下有宽敞的厨房和客厅，楼上是卧室和纯白色的浴室，暖气开得暖烘烘的。

深夜有暴风雨要来，我早早去隔壁餐厅吃晚饭。入秋之后天黑得早，餐厅里很热闹，人声砌成一道厚厚的墙，将室外的冷风都挡住。

记得菜单上写着，本餐厅提供的所有野味都由小镇附近3.1英里范围内猎捕而来，有些可能会有弹片（may contain shots）。3.1英里，这是份很精确的菜单，保险起见我点了鱼。如果记忆没有愚弄我，头一盘是汤，甜点里有糖渍无花果。味道很好。

吃完晚饭，在墙上层层叠叠的外套中挖出我的粉红风衣，顶着大风回住处，到厨房烧水泡了茶，上楼坐在卧室窗口看码头的船在墨色的风浪里起起伏伏，成串的路灯晃晃悠悠。暖气越来越足了。

想起小时候，我的房间邻近马路，无法安然入睡的晚上，我就看着流过天花板的各色灯光，聆听着各种引擎和车轮驶过路面的声音，猜想着这些车从哪里来，又要到哪里去，车厢里有多少人，如果是数人同行，他们是在交谈还是各自沉默。如果交谈，他们会谈论什么？又或者只是一个孤单的驾驶者，那么他会不会把音乐打开？或者他打开了广播，那么他又会调到哪个频段？

无数的可能是无数条分岔的小径，将尚且年幼的我带往很远很远的，唯有凭借思绪才能到达的地方。

也有车流稀少的晚上，四周寂静安宁，幻想中，世界在黑暗里失去了形状与颜色，夜色变成了海，风掠过树枝如海水抚摩礁石，深海中鱼群的歌唱终于被听见。偶尔照进房间的灯，迅速闪过，那是灯塔的光，划开沉沉夜色，照亮灰色的海和黑色的山崖，在水汽弥漫的半空铺设出一条狭窄却无比温暖的路。

回忆是一帧帧黑白照片，只留下不连贯的片段，那些似是而非的模糊影像，就在你靠近一点想更仔细地检视一番的时候，斑驳碎裂。

其实在我出发以前，就已独自去过很远很远的地方。孤独不是能被逃避或化解的东西。它一直都在，但不是生活的全部，就像旅行箱里那件并不可少的睡衣，你不需要随时都穿，但终有穿它的时候，并且它很实用。只是在这样未被人类染指的天地之中，你会更敏锐地感知它。

旅途中，我总是以按快门代替交谈。取景框确实是我所有要说的话：之所以会拍这张照片正是因为它的光线、颜色、构图都符合我对美的理解，这按快门的轻巧动作里包含着我以多年阅历做出的选择。你也会惊讶，原来光线有这么多你不曾见过的颜色，晨曦与晚霞是不同的粉色，冰川的蓝有几十种……以及寂静。它们有这么多质地，像布料商店的货架上层层叠叠的布料，只有亲手触摸才能感觉它们纹路的微妙变化。

Chapter 4

各自坚守，各自自由

第二天清晨出发的时候，锁好门觉得应该和这间粉色的屋子合影留念。路过的小姑娘拿过我的相机去路对面按快门，停了很久的大风突然又刮起来，我的头发瞬间盖到我脸上。后来发现，焦点对在了我身后的墙上。但这是我那年秋天拍的最喜欢的到此一游照。

我说这些废话，大概想说的是，旅途中有太多美好的、琐碎的、神奇的、平淡的经历，我好像没有那么多时间孤独。况且，孤独是人生中无法避免的事，如同饥饿、如同死亡，在我看来它们都是中性词，是我们必须要经历的过程，又何必惧怕。

回到远方

///

在采访中回答过不少关于旅行的问题，其中有一个经常出现：旅行时必不可少的三样东西是什么？

护照、信用卡、保温杯。

很多答案都因为时间的流逝而发生着改变，只有这个答案，自始至终没有改变。我不再是收集目的地的人，只想在异国他乡过得轻松愉快。所以喜欢一个城市就一再重去。不带什么行李，抵达后根据当地天气刷卡买几件衣服。到哪里，保温杯里总有在家中常喝的茶。

对于热衷于流浪于大地之上的远行者而言，回归远比出发要难，因为故乡的定义并不总像你以为的那么明晰简单，甚至叫人犹豫不决：养育你长大的城市是这个，驯养你灵魂的他乡又有那么难以取舍的几处。再次投入到艰苦的新书计划中之前，为逃避上海的梅雨季，我开始了长达四十八天的旅行。

我一点都不讨厌长途飞行，尽管皮肤干燥起细纹，双腿浮肿，耳膜疼痛，但我喜欢被困在三万英尺的高空，因为那里没有电话、没有邮件、没有网络，你的人生就是手里那张小小的出入境登记卡，来处确切，去处明朗，无须选择。那些带Wi-Fi的航班在我眼中都是叛徒。它们辜负了距离，也损害了长途旅行的美妙。

好朋友和她先生是苏格兰读书时候认识的，所以回到他的故乡举办婚礼。为招待从世界各地赶去的朋友，租了卡内基当年为自己购置的庄园。从爱丁堡驾车到Dornoch Ospisdale，中途在圣安德鲁斯过夜。这是我们当年在英国留学时一起旅行的路线。苏格兰高地风景也和当年一样。

我抵达爱丁堡的前夜，朋友特意去餐厅订了位，她对侍应生说：A table for three, please.仓促之间，说了很久的一起旅行终于得以完成，这个"终于"是十二年。

沿A9公路进入苏格兰地区之后穿越Cairngorms（凯恩戈姆山）国家

公园，前往高地的东部峡湾，沿途可以清晰地感觉到地貌和气候的变化。覆盖着紫色苔原和金雀花丛的山峦间已有积雪，灰色的麋鹿群在林间空地奔跑。

相比全球仅有二百五十席会员的、卡内基俱乐部的明星Skibo Castle（斯盖波城堡），相距只五分钟车程的The Ospisdale House在网络上几乎毫无资料可查。停好车就被带微型迷宫和池塘的花园吸引了全部注意力，高大的丝柏树想来已经在这里生长数十年，而它们看守的小路尽头，当年置办的石质日晷依旧在计算着光阴。

被花园和草坪围绕的灰色石头建筑有十余间客房，因为管理得当，室内陈设与装饰保持着全盛时期的模样：大理石的壁炉，实木四柱床，三角钢琴，驯鹿标本，还有沉沉的苏格兰纹窗帘从天花板垂到地毯上。织锦花纹的靠背椅比一般的椅子要矮很多，据说是为了迁就卡内基先生的身高。

从Ospisdale散步去Dornoch Firth（多诺赫峡湾），沿路繁花如火焰。山泉汇聚成湖，湖水又在这里入海。风里有浅浅的海水味道，海鹰蹑手蹑脚在退潮后的滩涂上觅食，迷路的三文鱼苗是一年之中难得的美味。苏格兰三文鱼生在高山淡水，长在海洋，四年之后，它们凭着基因留下的线索，跟随召唤，去寻找出生的地方，产卵、孵化幼鱼，然后死去。从海中经溪涧逆流回到高地湖泊的旅途中，它们需要不断跳跃、拍打，遍体鳞伤。因此它们被称为洄游性鱼类。

多年前和朋友一起去高地旅行过两次，后来我回国，她独自又去高地，给我写明信片说看到洄游的三文鱼在努力回到出生的地方。不久她在这里遇到生命中最重要的人，现在又回到这里结婚。命运这样的安排让我觉得人生是一个个不断循环往复的圆，渐渐画成了圆满。

凌晨四点亮起的天色，要到晚上十点半才慢慢暗下去，你可以耐心欣赏周围的一切。制作新娘捧花的铃兰花和白色玫瑰都到了，年轻的风笛手在屋后的大树下练习。我到厨房煮了西红柿鸡蛋汤安慰新娘家属的中国胃，然后去客厅把壁炉生上火。大家围坐在一起聊着天，聊学生时代的趣事，聊明天的婚礼安排。我感觉我们都是赶了很多路来到这里的，喝着手里的热茶有种万水千山走遍的感慨。

重回哥本哈根的那天，草莓和樱桃大量上市。这是一座闪闪发光的美丽城市，《小美人鱼》虽然是个悲伤的故事，但依旧是童话。

出发前，朋友将他们住过的房子推荐给我们，房东Johnny特意到机场迎接，还邀请我们过几天去郊外的度假小屋做客。当我们随Johnny驾车从哥本哈根出发一路向北时，他的男友Jesper已经开始准备晚餐：烤牛腿、鱼子沙拉与丹麦传统三明治Smoerrebroed，甜点当然是新鲜上市的草莓配冰激凌。

"一到就可以吃晚饭咯！"Johnny很期待地说。

罗勒、百里香、薄荷、生姜……所有厨房需要的调料都来自他们精心照料的花园——甚至还种有正等待成熟的白芦笋和秋葵。他们自己搭建的玻璃暖房外，开满了铃兰；深秋时分这里会是一处天堂般的避寒去处。

为客人准备的卧室很舒适，连着带壁炉的客厅，双层木架床上铺着带阳光味道的床单，窗外是郁郁葱葱的树林：是我心目中理想小木屋的样子。

第二天一早，Johnny回哥本哈根上班，在医院工作的Jesper请了一周的假准备木屋装修的事，但天气这么好，他决定暂时忘记油漆和刷子，带我们去海边走走。他在这里长大，所以熟悉每一条小路甚至每一棵大树。成年之后遇到那个对的人，和他一起回到这里，建一座木屋、开垦一个开满粉色杜鹃与白色铃兰的花园，再搭一间带摇椅的玻璃温室。

野蔷薇顺着沙丘蔓延，散发浓郁香气，盖过了那些被精心照料的花园里开得如火如荼的杜鹃与紫丁香。为保护植被而栽种的松树林里，蜘蛛们将网织得如同重重迷宫。

然后我们继续驾车向北，驶过成片的油菜花田，抵达丹麦的最北端城市Gilleleje（吉利勒杰）。这座与瑞典隔海相望的港口小镇上，除了面海的度假小屋，还有几家餐厅与杂货店。

Gilleleje最有名的餐厅就以这座小镇为名，Jesper推荐Smoerrebroed，谦虚地说或许会比他做的味道更地道些。这种开放式的传统丹麦三明治以黑面包为底，加蔬菜与调味料，再铺上各种鱼生或肉类——配搭随你喜欢，但最经典的是三文鱼加鱼子。很多丹麦人平时上班也会带这种制作简单却变化无穷的餐点当午饭，"就是风景没有这么好，所以味道也显得有点逊色。"Jesper看着窗外的海景说。

吃完午餐我们还去码头的海产店买了一大包新鲜的扇贝和青口，物美价廉。Jesper则选了条大比目鱼：辛苦工作的Johnny错过了今天丰盛的午餐，晚餐要给他一些补偿。

搭火车回哥本哈根的路上，我打了个盹，梦中听到海浪的声音。如果你问我是否相信幸福，我会肯定地回答你：相信。

为什么？因为我去过很多地方，亲眼看见过幸福的各种面貌。

第三站是法罗群岛。去法罗群岛是一场未知的探险，在对这个国家一无所知的情况下，我搭乘大西洋航空的小飞机，从童话国度的初夏重新回到了北冰洋的寒冷。

没有比这里更适合带保温杯旅行的地方了。清晨出发时汽车仪表盘显示的温度是三摄氏度。法罗群岛由无数小小的岛屿组成，神奇的是，每一座岛的边缘都会有块耸立的巨石，远观如人形，如岛屿的守护者，身着长袍毅然决然地站在风浪和云雾里。看得久了，觉得它们随时会迎着巨浪伸出手掌。在这里，你对"万物有灵"这句话有真切的感受。

一次开车到主岛边缘的小村庄游览，回程时在村口遇到搭车的老先生。他接到电话，要赶去托尔斯港的疗养院见太太，可惜公车周末停运。之前的几辆车都满载，但他不愿意放弃，已在风里站了很久。沿路闲聊，他说起自己六十年前自哥本哈根大学毕业，正是走了和我一样的路线回到法罗，不过还是穷学生的他没有搭飞机，而是在苏格兰高地等到一艘捕鱼船，好心的船长说法罗人友善，没有收他船资。车窗外，群山默默。他说，岩石上的白色矿物质可以做成染料。他说："有阵子没有见到我太太了，我很挂念她。"到疗养院门口，老先生执意要给钱："这不是车费，你把这张纸币当成我给你的小礼物。"我说："我们握个手就好，这段车程也是我的一个小礼物。"

世界这么大，人和人的相逢就是难得的缘分。太多事不能用价格来衡量。后来我时常想起这个老先生，他花白的头发，他渐渐失去的听力，他文雅得体的措辞，他洗得泛白的黑色外套。我坐在驾驶座上，目送他朝疗养院的接待室走去。

曾在采访中遇到过这样的问题：你曾在旅途中痛哭吗？那是因为怎样的遭遇，是因为悲伤或者感动？

我的回答是：没有，旅途中我是个情绪稳定的人。我甚至认为，谈分手都该找个公共场合，因为有旁人在，大家会比较克制自己，场面不容易失控。但如果细想，其实真的有过那么几个时刻，会想哭泣。就算有旁人，也会悄悄擦掉眼泪。比如此刻。我坐在驾驶座上目送他向疗养院走去，突然很想哭。

我上一次在远行的路上想哭，还是在五年前的会安。

记得那一年路过会安，气候与现在截然不同，很热，没有风。因为不喜欢那些冷气充足、西方游客成群的酒吧和咖啡馆，我整天在树下的路边摊和当地人一起吃河粉，吃完两碗，剥红毛丹当饭后甜点，一不小心就能积一堆小山似的壳。

好的食物可遇不可求，是以，无论平时还是旅途中，我对吃的要求很低，只求果腹。但如果说有什么偏爱的水果，我大概会选红毛丹。不特别甜，不特别香，没有什么水分。可以说毫无特色。到最后，这个原则也渐渐适用于风景，我会常常重回旅行过的城市。那里未必有奇绝的风景、独特的人文，但我不会觉得厌倦。这些习惯，好像是自会安开始的。

入夜，酒吧里放吵闹的流行音乐，空气里弥漫着啤酒发酵的味道。并不清澈的河上漂满莲花灯，在沉沉不见底的夜色中蜿蜒描绘出河水的走势。你可以向河边挑担子卖灯的妇人买几盏，许个愿后将灯放入水中。

卖小吃的路边摊都收走了，我在河边找了个椰子摊，买一颗椰子，喝完椰汁之后又让摊主将椰子剖开，拿勺子挖椰子肉吃。鲜嫩的椰肉有介于果冻与冰粉之间的质地。

大概是我吃得太认真，等吃完第二颗椰子才发现身边坐着个中年人。

"好久没看到有人这么爱吃椰子了。你从哪里来？"他的话里有笑意，但夜色太浓，我看不清楚他的神情，只知道是亚洲面孔。

"我只是吃什么都很投入。"放下刮得干干净净的椰子壳，我回答他，"我是从中国来的。"

"喜欢这里吗？"他又问。

我说喜欢，出于礼貌又加一句："你从哪里来？"

"我是本地人啊，为什么这么问？这个椰子摊是我母亲的。"原来为我剖椰子的银发老太太是他母亲。

"你的英语，口音不像当地人。"

"我回来不久。"

"从哪里？"

"纽约。我在纽约工作了十多年。"

他告诉我，他在纽约开餐厅，太忙碌，所以这些年里不曾回来过。刚到家的时候，看见母亲正在院子里干活。他想开个玩笑，一言不发上前帮忙，等着母亲惊喜地发现漂泊在外多年的儿子终于回来了。

"应该是那种书中写的或者电视上演的感人场景吧。"他说。然而，母亲看着他，只是不停道谢。他等啊等，母亲见他站着不走，又客气地请他喝茶。

"她没有认出我来啊，她当我是个好心的陌生人。"他摇摇头，语气里依旧带着笑意。

现在想来，好像陌生人开始跟我讲他们的故事，也是从会安开始的。我结账离开，他上前帮忙收摊，扶一扶母亲的肩膀。河上的灯也燃尽了，渐次熄灭，"星星自散"。

如今，在寒冷的法罗群岛，我有了同样的泪意，脑海中浮现的是同一个我始终想不明白的问题：为什么，我们不能安安稳稳地留在爱我们的人身边呢？

既然没有答案，那么我继续北上。为完成去年完成一半的环岛计划，再次回到冰岛。我在雷克雅未克机场取了车，马不停蹄地向北赶路。在冰岛大西北的峡湾与北部的火山岩地带，见证了什么是壮阔的荒凉。车程遥远，沿路小镇都已沉睡，峡湾中成群休息的绒鸭与天鹅将头藏在羽翼之下。除了偶尔出现的自助加油站，看不到一点人类在这片壮阔天地之中留下的痕迹。到后来，加油站都失去了踪迹，更没有地方去找便利店。保温杯中的水也喝完了，渴得不行的时候，将车停在路边，从行李箱中拿出哥本哈根买的杯了来，到路旁飞溅而下的瀑布接来水喝。山顶积雪正在缓慢融化，流水声在冰盖下回响，水很冰也很甜，让人瞬间清醒过来。

我的计划是要在十天里，从雷克雅未克出发，顺时针环岛一周。看一看里程表，再看看海峡对面可望不可及的冰川倒影，感觉自己是在赶一条没有尽头的路。

离北极圈很近了，终于知道了什么是极昼。晚上十点半依旧艳阳高照，橘色黄昏连着粉色晨曦，太阳从不落入地平线以下，时间突然失去了意义。必须按时间勒令自己吃饭、睡觉。

其中有一个住处建在积雪山脉的另一边。成百上千只北极燕鸥就在这片山与海之间的原野上筑巢，此刻正是幼鸟孵化的季节，它们勤劳地低飞捕食，回去喂养幼鸟。看着鸟巢里安安稳稳的鸟蛋或者懵懂的幼鸟，我惊讶地发现注视新的生命孕育成长能给人那么振奋的力量。

我们曾有过许许多多的期盼与愿望，就像这些燕鸥蛋一样，有些孵化成了新的生命，有些从来没有破壳而出的机会，那样灿烂的夏天对它们来说，毫无意义。

有人知道，我们心怀怎样的热切期望吗?

离开极昼的冰岛，上飞机才意识到，我的保温杯丢了。摸一下口袋，护照、信用卡还在。心里有点空落落的，但也可能是长途旅行的劳累造成的幻觉。舷窗下是金色的阿尔卑斯山脉，它正被涌起的夜色一点点淹没。

Chapter 4
各自坚守，各自自由

从六摄氏度的雷克雅未克，到三十五摄氏度的佛罗伦萨，渐渐熟悉都市丰沛的物质、拥挤的人潮、鳞次栉比的建筑，像从一场漫长而寂静的梦境中醒来。佛罗伦萨这座金色的城仿佛是被烈日封在时间的琥珀中了，街景是大学时代见过的样子，一点都没有变。住在一座铺着红地砖的老房子里，长窗外有一架紫藤，粉色天花板上描着灰色边与粉蓝色花纹。大概是我住过的最文静秀气的老房子。

十多年前来佛罗伦萨的时候，就喜欢这座城，它证明财富与权势可以造就美与品位。如今我又来到这里，看着那些丝毫没有改变的街景与店招，警觉反而是血肉之躯的我有了面目全非的改变。

时间哪里都没有去，它们只是飞速消散。完全不记得这十二年里发生过些什么。

从积雪的寒冷地带到万物易腐坏的炎夏。从安静冷淡的国度投身热闹奔放的人群，狂野的风呼啸成了久违的市声。走在阳光白得刺目的街上，一边走一边脱外套，觉得自己要融化了。想起一个月前好友的婚礼，学生时代的回忆好像昨天，转眼头发都快要开始白了。

我看见苏格兰高地上，铃兰花的花束紧紧握在新人手中；我看见哥本哈根的厨房里，从医院下班的Jesper在为Johnny做晚餐；我看见托尔斯港的疗养院里，老先生给自己卧病在床的太太读书；我看见会安古城里，那个漂泊多年终于衣锦还乡的男人，在为母亲看水果摊。然后我看见，成群的三文鱼自北海游回山涧，拍打着、跳跃着、挣扎着，遍体鳞伤，回到它们出生的湖泊。

有天你会检视自己拥有的一切，清清楚楚地对自己说：这正是我想要的生活，而那里，是我要归返的故乡。

天地尽头的一杯咖啡

///

抵达冰岛的时候正是夏至，极昼开始了。

夏天的冰岛与记忆中冬天的冰岛仿佛是两个世界，绵软的绿色苔原在烈日下枯萎成灰色，雪线退至山峦高处，羽扇豆占领曾经空旷的原野，在因为极昼而睡眠失常的人眼中连绵成没有尽头的紫色梦魇。一切都太过明亮。

在airbnb预订的房子位于冰岛西北端，距离雷克雅未克五百公里。下飞机在机场取了车，一路向北飞奔。在极昼的冰岛西北部，感觉时间就和那没有人烟的峡湾一样，无穷无尽。

在深夜两点的时候终于抵达目的地。房子是座粉蓝色的平房，建在积雪山脉那边的峡湾里。在此之前，经过了这一路上无数条隧道中条件最艰苦的一条：全长六公里，因为修建的年代久远，为节约人力物力，当时只修了单车道。如果前方有车灯亮起，得就近找到代表缓冲地带的蓝色M标志，停车避让。粗粝的岩壁一直在滴滴答答地渗水，汽车引擎声在狭长的隧道里回响撞击耳膜，前后都看不到尽头。这对幽闭恐惧者来说是个挑战。

但这略觉漫长的煎熬最终会有很好的补偿：经过黑暗的考验之后，终点是虽依旧积雪皑皑但山脚植被葱茏的群山，映在紫色海湾中，深夜两点的粉红色晨曦让一切散发出不真实的柔光。这比我曾有过的梦境更美的景象随一个流畅的弯道一同降临，以滑翔的速度迎面而来。为了慢慢体会面前的一切，我在过半弯后减速。山在海中的墨绿色倒影轻盈地掠过车窗，流经后视镜，再一点点消失在脑后。这些倒影看起来比山本身更明亮真实，因为它们存在于一个近在眼前却永远无法抵达的更为澄净的世界。

正是这个时节，隧道往南三十八公里的Pingeyri镇，有家一年只开三个月的咖啡馆也正式开业了。因为严寒，这里的路面积雪要在六月才会完全消融，道路得以全线开通，从世界各地来到这里的游客才可以抵达。等九月来临，大雪再次覆盖周围的高山与道路，咖啡馆就关门了。它再次隐没在冰雪与风暴的另一端。

Chapter 4
各自坚守，各自自由

这家名叫Simbahllin的咖啡馆由镇上的旧杂货店改建而成，五十公里之外的超市开业之后，杂货店也关张了。这栋米黄色的木头房子已经有一百年历史，室内装饰大部分保持原状，老旧的地板磨损得厉害，白色的护墙板重新粉刷过。墙上挂着当地艺术家以蛋糕模具为媒介创作的油画作品，灰白的色调，一如山顶的积雪与冰川上的寒冰。

我会来到这里纯属意外，因为Google Maps在冰岛时常失灵，也因为地广人稀而无法查找附近可去之处。偶然在一家旧书店派发的宣传卡片上看到Simbahllin的介绍，在暂时的住处安顿下来之后，选了一个阳光灿烂耀眼的夜晚，驱车前往吃一份下午茶风味的"晚餐"。

点了拿铁咖啡、苹果蛋糕和招牌华夫饼。因为老板有比利时血统，所以他家甜蜜松软的华夫饼声名远播。虽然是盛夏，但廊下的风依旧有冷意，当焦糖的香味钻入鼻腔，我突然想不起这究竟是什么季节。因为极昼带来的时间感混乱造成了睡眠缺乏，站在仲夏夜晚九点的艳阳下，面对着山峰上的积雪，我突然有了圣诞节的感觉。

冰岛西北角的峡湾绝大部分没有桥梁，所以看起来近在眼前的对岸必须长途跋涉才能抵达，这样说来，Simbahllin真的好远，如同一个更适合存在于故事中的糖果小屋。

与寥寥数个游客一同来到这里的，是成百上千只北极燕鸥。

可能以后不会再来这家咖啡馆了，但肯定会在某个时刻记起她来，也记起这一路的奔波劳累和美丽景色。那或许会是在世界另一头的繁华都市，或许是在某个酷热的热带岛屿，又或者只是在某个赶稿的寻常春日夜晚。我想起Simbahllin，想起她吱嘎作响的老旧木地板和泛着时间光泽的咖啡桌，想起空气里华夫饼的香气，像挂念一个远方的故知。她性格沉稳又古怪，虽然并不能常见面，却让你觉得心安，因为她代表着一份遥不可及的温柔。我喜欢这种可望不可即的寄托，这就是旅行带给我们的，最长久也最真切的美好。

季节带来的，季节又带走。我们放弃的，我们又重新坚守。时间自会给所有的得失找到合理的解释与缘由。一次次看似迷失的远走成了对生命各种可能的试探。

如果你此刻被困于生活的琐碎、工作的压力，要记得生活本有各种面貌。我们或许非要走这条单行道，却依旧拥有开小差的权利。就像这家叫作Simbahllin的咖啡馆，她可以在无数城市落脚，却偏偏选择了世界尽头般荒凉而壮阔的Pingeyri。就像你可以为太多事妥协，却也会在某一天走得天高地远。

Chapter 4

各自坚守，各自自由

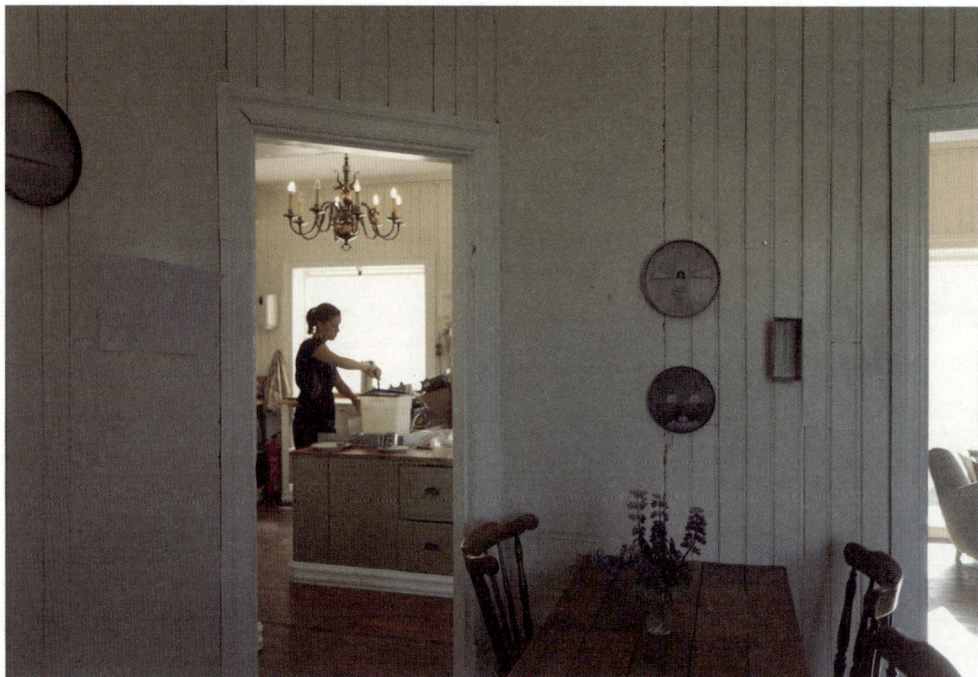

In Search of the Lost Time

把你交给时间

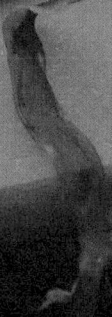

In Search of the Lost Time

把你交给时间

Chapter 4

各自坚守，各自自由

北方的女王

///

四月底的苏格兰依旧很冷，需要羊绒衫和大衣。我住在阿伯丁郡的
Meldrum(梅尔德伦)庄园，这里距离阿伯丁市区有一个多小时的车
程。庄园主人收藏了一柜子的荷兰古董瓷器。

入夜，看见柠檬黄的满月在粉绿色的平原上升起，露水的银光如雾
气闪烁。这座庄园中最古老的建筑建于十三世纪，经历过十九世纪
初的窗户税与屋顶税时期，有些石头屋的窗户只是缝隙。

壁炉从早到晚一直燃着，怕冷不想出门就坐在火炉前喝酒取暖。下
午茶配香槟，晚饭有葡萄酒，饭后则有一杯接一杯的威士忌。

苏格兰最不缺的就是最好与最贵的威士忌。女王登基六十周年时，
有六十瓶Diamond Jubilee（六十周年纪念）威士忌在皇室特许授权

的Royal Lochnagar（皇家蓝勋）酒窖装瓶。这些威士忌自1952年开始酿造，并不对外出售。除了送给女王的那瓶和酒商自己收藏的一瓶之外，其余五十八瓶售价为每瓶十二万英镑，这个纪录目前尚未被打破。销售所得收入全部赠予女王的慈善机构用于慈善事业。

我在Royal Lochnagar的酒窖学会了用黄铜吸管从木桶中取酒，这款酿造时间有三十年的威士忌并不对外出售。

有人能从一口苏格兰威士忌里品到苹果、香草、梨、烟的味道，我只喝到让五脏六腑都烧起来一样的暖意和一种微醺的错觉：这世上，杯酒在手没有解决不了的事。

还去了离酒窖不远的Balmoral（巴尔莫勒尔）城堡，它是女王最爱的度假地。第一次听说这个地方是当年戴安娜王妃车祸去世，新闻里纷纷提及英国女王匆匆结束Balmoral的假期回到伦敦，换上黑衣出现在白金汉宫门口，向哀悼戴安娜王妃的民众致意。

电影*The Queen*（《女王》）中，海伦·米勒扮演的伊丽莎白女王在Balmoral的厨房凝视被猎杀的雄鹿，那一幕令我印象深刻。

与悬挂着Vermeer（维梅尔）画作和收藏有无数名贵古董瓷器、玉器的温莎城堡相比，远在苏格兰高地的Balmoral简朴得让人惊讶：简单的花园、小小的宴会厅、毫无装饰的草坪。女王每天早上在离城堡五十多米远的"园丁小屋"里吃早饭、喝茶、写日记。这间"园丁小屋"并不向游人开放，但你可以从窗外路过。落雪的清晨在这里读书、写信，想必有难得的清静，好像也不难理解为何女王会偏爱这间原本为园丁准备的小木屋。如果你去伦敦塔参观过女王加冕时使用的钻石手杖与皇冠，还有英国王室拥有的纯金餐具，会在这对照里感觉到"人"这个意象的确切存在。

星期天，女王会过桥，去城堡外山坡上的小教堂做礼拜。在这里与其说是度假，不如说是隐居。

当白金汉宫和温莎城堡以及爱丁堡的Holyroodhouse（荷里路德宫）等地都有不少庆祝女王九十大寿的主题活动时，Balmoral却一如往常地平静，没有任何庆祝仪式。因为女王把这里当作她自己的度假地，一直由她亲自支付城堡所有的费用支出。在这里，她只是伊丽莎白，可以在小木屋里看着远山积雪写日记的伊丽莎白。

城堡周围是参天的杉树，树下开着黄水仙。空气如冰过的水晶，滑过鼻腔进入肺中。冷到发抖，跑到城堡的纪念品店买了双羊毛袜穿上，袜口绣着一朵代表苏格兰的高山蓝蓟，很漂亮。

In Search of the Lost Time

把你交给时间

这是一年不到的时间里我第三次去苏格兰。朋友开玩笑说：你和英国女王有两个相同的爱好——苏格兰和马。

我不知道女王喜欢苏格兰什么，但我喜欢苏格兰的原因是她冷，她好像离哪里都很远。因为她有自成天地的傲骨和历经世事才能展露的从容。

人生中不能说谎的时刻

///

我们常将人生比喻为旅途，那些出现在我们生命里又离去的人就是一盏盏路灯吧。明明灭灭地，就走了一路。

当你明白人生无常，没有什么是恒久的。连聆听你愿望的星都会闪烁，不如想想那些路灯，就是这样一盏接一盏地亮在我们生命里。走下去就会遇到下一束光亮。

这一路上，爱不是光也不是火，它更像是一个谦卑的手势，你要在等待中学着藏起索求的坚决。

勿忘我花为什么是紫色的

///

我从客厅搬回北面的书房写稿。此刻窗外大雨，偶有雷声，但气温并不高，是会让人失去季节感的天气。空气里的水汽都写着不确定。

《夜航西飞》的清样还在看，译后记和几个采访必须在出远门前完成，很觉有压力。重看《夜航西飞》，在奇怪七年前的自己会犯下那些幼稚的小错误之余，真正令我惊讶的是曾经反复推敲后译出的语句已经变得陌生。无数不眠之夜，换来"纵使相逢应不识"。

有些能力可以在岁月中逐渐习得，比如控制情绪，交际应酬。有些能力则会逐渐丧失，比如敏锐的感知，忠直的坦诚。

我最早失去的是记忆的能力。

小时候记忆力好，家里如果有东西找不到的话，大人会问尚年幼的我："你有没有见过这样的一件东西？上一次见到它是在哪里？还记得放什么地方去了吗？"后来成绩好，也是因为课本里的字句，老师的板书、说过的话，记得牢。等到学习物理化学这种需要思考理解的课程，成绩就一塌糊涂了。不过哪道题出现在练习册的哪一页我还是记得的，答疑课上同学把我当电话黄页用：好像有这么一道题说……我就马上翻到那一页给他看。

也曾记得自己书里的每一句话，如有张冠李戴的情况出现，我能肯定地回答：这不是书里的内容，我没有说过类似的话。后来再没有这样的自信了。

第一次出现这样的疑惑是微博上有知名账号引用了《一切破碎一切成灰》里的句子，网友纷纷@我，而我只有隐约印象。情况逐渐恶化到编辑为我的文章做摘句，我像看别人写的东西一样。这种体验很有意思，有时候我觉得那个"我"写得不错，有时候觉得太糟糕了。总体来说，如果我不是我，我会觉得自己是个发挥很不稳定但态度认真的写作爱好者——也就是"业余作者"的委婉说法。

记忆的能力逐渐丧失，依附其存在的记忆也就没有了。首先是细节，曾经毛细血管一样敏锐的纤细的美丽的细枝末节，渐渐褪色暗淡，隐入浑浊的背景。最后这背景也模糊了，记忆存在过的地方剩下如浓雾的清晨那样的无形无状的空，伸手探究的时候有凉意。

有什么曾经在那里存在过呢？它们存在过吗？我想要靠近的时候一脚踏空。

后来雾越来越浓，结成帘幕。我站在舞台上，面对丝绒帘幕，想象后台空阔的黑暗里，那些影影绰绰的轮廓。那些离我而去的记忆，用沉默控诉着我的离弃。

雾有一天会因为偶然洒下的阳光散开吗？帘幕会再次开启吗？我希望，还是不要了吧。

等你到了一定年纪会觉得遗忘的能力也是种恩赐。这话我在哪里说过的，但是记不起来了。

希望你能够在我忘记你之前，渐渐不再记得我。

235

时间最美

///

我在蓝灰色的光线里醒来，窗外是下雨的东京。远远地，看见列车在高架桥上驶过。霓虹灯闪烁。

想起一个词：人间烟火。

约了朋友在新宿吃晚饭，等待的间隙路过伊势丹本店，顺道去虎屋茶室喝杯茶。发现当天的菜单上有根据季节供应的柏饼，恍惚觉得苏格兰的假期已是数个季节外的事，其实也不过一星期之隔而已。

所谓柏饼，即用柏叶包裹的糯米团子，是代表日本端午节的点心。我不太懂日语，从服务员的介绍中了解到可以选红豆馅的甜款或者带味噌馅的咸款。我选了红豆馅，再点一杯抹茶，一块红豆羊羹。喝完茶气浓郁的抹茶，服务员又送上柔和的红茶。安安心心地吃完，等朋友从机场赶过来。那天背的包也是临时买的，有季节限制的米色麻布质地，很有初夏的感觉。

因为性格里有更敏感细腻的因素，我们大概是最迷恋季节变化的民族，对二十四节气与季候特征的描写，可媲美诗句。日本的俳句中，本也有"季语"的要求。

好像每当季节变迁，就有新的期待。有季节限制的东西，又最顺应时间变化，制作与享用的过程，令人有真切的参与时间的感觉，所以特别打动人。错过了就再等一年，别无他法，叫人不敢轻慢。

在东京逗留的最后一天，去根津美术馆参观青铜器与白瓷，偶遇了日本国宝级的尾形光琳的"燕子花图屏风展"。

这大概是我遇到过的最简朴也最奢侈的展览。说简朴，是因为深灰色展厅内毫无装饰，蓝色的鸢尾花盛开在屏风上，人们安静地坐在暗中观看。说奢侈，是根津美术馆美到令人赞叹又浑然天成的花园里，满池塘的鸢尾正在盛开。策展人用这样的方式给出了理解一幅画作最直接有效的方式：将观看者带到创作者当初面对过的相似景色之中。

Chapter 4
各自坚守，各自自由

"琳派"鼻祖尾形光琳逝世于三百年前的1716年，燕子花图屏风是他著名的代表作之一。物是人非，三百多年过去。但是景色的美，以及因这美而生的愉悦触动，完整保留了下来。这就是自然的伟大。

屏风上的鸢尾与池中的鸢尾，相隔百米距离与百年时光遥遥相望。两者之间，内与外、古与今、真与幻的对照，是"天时地利人和"才有的运气。有几个展览可以遇到这样妥帖的对照呢？

大概知己的相遇，也是这样人与人之间如此片刻的、稍纵即逝的映照吧。

以后若有人在采访中提问：你见过最美的风景是什么？我会回答：是时间。

Timing.

我很想告诉你，此刻的我觉得timing已取代inspire成为我最爱的词。而你，还依旧喜欢"认"这个字吗？

我能在千万人之中，认出你来。我在千万人之中，认出了你。但是我，不肯就此认输。

Chapter 4

各自坚守，各自自由

In Search of the Lost Time

把你交给时间

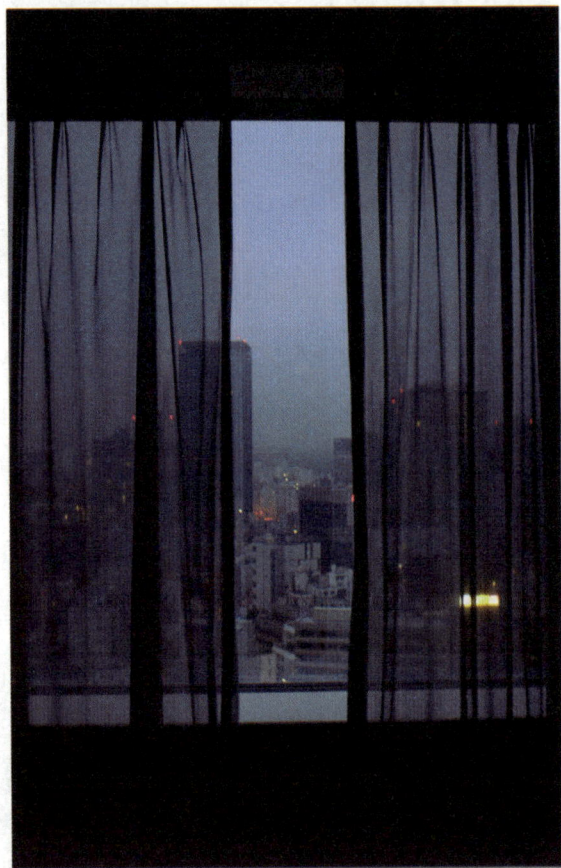

In Search of the Lost Time

把你交给时间

孤独的人互相寻找吗

///

上个月在上海的时间不足一星期，终于回来看到了新开的花，吃了蚕豆。常常有大风，风铃响。午睡时会被大雨声惊醒。

劳累的时候，身体会做违背个人喜好的事情。不爱吃甜食的我在厨房里找到一包糖桂花，生嚼起来，一下子吃掉半包。

不喜欢吃甜食的人生，多少有些不完美。有个美食家告诉过我，饭后甜点就像一个故事的happy ending。但我常常对着满脸期待的侍应生说：要一杯咖啡，谢谢。多么扫兴。

《如果没有你》里仿佛不食人间烟火的尹年尹总大人对影年说，满觉陇上的桂是最好的。这也是出于我的一点爱桂花的私心。

吃糖桂花很适合再来杯乌龙茶相配，茶壶是八年前在马来西亚买的，今天才第一次用。从书柜角落里找出来时，因为没有好好保养，壶身已经开始生锈，用温水洗过再用软布擦拭。我当初喜欢这个壶是因为壶身做成了南瓜的样子，小巧憨厚。当年的我，真的很爱买旅行纪念品。生活里有很多空隙。

从这些积存的物品来看，能感觉这些年的眼光发生了很大变化。现在的我未必成了更好的人，但应该是当年的自己会喜欢的样子，否则不会留这么多礼物给她拆吧。

让人感觉孤独的原因很多，好在想要感到满足也不难：认真去做自己喜欢的事。尝得到甜，吃得了苦。还有间隙喝杯茶。

等疲惫渐渐消退，才想起今天又忘记吃生日面。已经很多年没有庆祝生日了，今年连碗面都忘记吃。朋友们陆陆续续送了很多礼物，表弟特意订了巧克力蛋糕给我，是大家的关心帮我维系着一种难得的仪式感。

能记得的最后一次生日宴席也正好是大约八年前，下班之后和几个朋友去吃四川菜，主食叫了面。那天收到的花是芍药和向日葵。我总是喜欢在生日时节开的芍药，"俯者如愁，仰者如语，合者如咽。"虽然说的是牡丹，我总觉得用来说芍药也是可以的。

席间一个朋友说，她本还有约，但生日为大，所以让那位朋友过来凑数。大家都不认识，就寒暄一番天气后，埋头开吃，偶尔交换关于时政的看法与听来的明星八卦。也并不会觉得尴尬，就是工作一天后，找人拼桌吃饭。

那时候的聚会常常是这样，朋友又带朋友来，最后要服务员拼长桌，流水席的架势。生活中也是这样，很多来来去去的人，刚记得名字就可能再也遇不上了。我觉得"人生是驿站"这个比喻真是贴切。

那天我去结账的时候，服务员说有位先生已经结过了。是那位中途出现的，朋友的朋友。都不记得他曾离席，我也不知道说什么，沉默地领了这份人情。后来我隐约知道他是律师，处理过几个影响颇大的集体诉讼。心血来潮凭记忆在网上搜索他的名字，没有结果。加诉讼案的关键词，也是没有。

我记得那天下雨，上海的黄梅时节到了。雨停，饭也正好吃完。他穿的是米色西装，出门时抬头说："没伞，还好雨停了。"他说过的话只记得这一句，对自己和自己从事的工作，只字未提。

孤独的人会寻找同类吗？不，并不需要。那些寻找的人，只是寂寞。

四海为家

///

松散的南十字星空下，我坐在沙滩上看寄居蟹背着它们的壳四处寻找过夜的栖居之所，退潮后银灰色沙滩上堆着成片的白色珊瑚。棕色皮肤的少女送来蓝色的饮料。下雪了，我说。

从远处看，夜色中一座座袖珍岛屿紧紧贴着海平面存在。它们太容易消失在轻轻扬起的波涛之中，那些自远方到来的船只总是错过它，船长不得不在星空下不断调校着罗盘。其中也包括不断与这些岛擦肩而过的著名的库克船长。

但是没有关系，多年以后俄罗斯人将用他的名字为这些小岛命名。

我们寄居的这个星球只是宇宙中的小小尘埃，但毕竟不是地球仪的尺寸。世界有限，但其广大依旧超越了我们的想象。

头顶的银河渐渐闪亮。

我曾仰慕贝都因人，他们会向着沙漠里的沙尘暴亮出弯刀。后来在库克群岛听说了波利尼西亚人的冒险，以一叶小舟划过汪洋，像蒙上眼睛去摸索命运的面目。细节或许有差异，但千百年来航海前的祈祷如今依旧由船长虔诚吟诵：感谢落在我们身上的雨水，更感谢阳光，愿星空引领我们的航程。

星空下的大海和沙漠其实是一样的。无论我们身处何地，哪个时代，远走的心是一样的。

背上传来轻微的疼痛，是伤口正在愈合。这个在冰岛旅行时留下的隐患终于爆发，不得不进行一场小小的外科手术。我听见主刀的医生对护士说："下面就是肌腱了，我已经把感染的全部囊壁清除。"缝合伤口的时候，医生抱怨说背部皮肤太紧，缝合不易。我忍不住插话："医生，麻烦你要缝牢一点。"因为药物的作用我失去了痛觉，但依旧能感觉他扯动针线的力气。像摔倒之后，有双陌生的手稳稳地、坚决地要将我扯离地面。

从镜中看去，伤口所在的位置靠近一块瘦长的骨骼，有人将它称为

Chapter 4
各自坚守，各自自由

蝴蝶骨。就像是我的翅膀，结了疤。

自降落开始，手机就未能在库克岛上收到任何信号。偶尔有无线网络的时候，会有BBC的即时新闻更新，其中一条说：瓦努阿图首都百分之九十的房屋被飓风摧毁。瓦努阿图距离库克群岛，是三小时的航程。两年前去瓦努阿图看火山喷发，站在环形火山的边缘，岩浆在浓烟与轰鸣声中急速喷涌，在暮色中升腾如末世的烟花。那刻不知道有多少人为体内想要飞身跃下的冲动惊讶。

我喜欢那一瞬，胜过永恒。

热带的夜风吹过，海水的盐香里掺杂着某种浅淡的香气，如同暗夜萤火虫的光亮。一生之火。那个有太多不确定的狂欢一般的1999年，我喜欢的设计师三宅一生在当时的一个访问中说，他不能认同世界末日的悲观论调，因此选择拥有无尽生命力的"火"作为他创作的新元素。一直留着用空的香水瓶，像收藏一团火焰。

如今十六年过去，回望这些年，我大概也在用我的一生努力燃烧着吧。三十岁那年，我从自己的生活中起身离开，像脱下一件不合身的外套，成了在旅途中写故事的人。你可以说故事虽永不落幕，但人生转瞬到头。熄灭和黯淡都是必然的，只是结束到来前没有努力燃烧过，就是你的错。只是我点燃的火焰，不成就也不毁坏。因为很早就决定要在这世界上做个过路人。这"一生"，其实与承诺与安定并没有必然的关联。一生何其漫长，我们如若足够谨慎，便不应当预设你无从了解的事物。但是我们能够逐日改变对这个世界的看法，并且尝试着了解自己。

在我的人生中，有些东西来得早，比如自由，比如远方，比如孤独。有些又来得迟，比如爱情，比如安稳，比如胆怯。万幸是这样的顺序。我的这一生，大概只是此时此刻的想望。

瑞典人斯文·赫定第一次穿越塔克拉玛干沙漠的时候，三十岁；他在罗布泊发现楼兰古城的时候，三十五岁；他沿神山冈仁波齐峰攀登，最终发现恒河源头的时候，是四十二岁。

此刻，在地球的另一端，印度喜马拉雅山扎斯卡尔峡谷的蓝色冰河间，雪豹出没；坎布里亚郡的休息石边，抬棺人在歇脚；爱尔兰西部神龛里摆着哀悼者留下的小石块，随手势发出脆响；刘易斯岛的沼泽地带，褶皱干涸如麂皮。在地球的这一端，我喜欢的岛屿，被飓风摧毁；我手上被毒虫叮咬，在沿血管脉络恶化；我背上的伤，正在结疤。

也会在漫长遥远的旅途中想起自己在上海的家，即便是时差带来的黑暗中，我还是清楚知道客厅的样子。一张沙发，一盏台灯，一张长书桌，一块地毯。盆栽植物保持在死亡和生存的边缘。四十平方米的客厅，连着小小的阳台。靠着门站一会儿，等待眼睛适应了黑暗，这即便白天也没有多少光亮的住处慢慢在被遥远霓虹染亮的混沌夜色里显出轮廓，露出一种介乎等待与放弃之间的沉静表情。

我又为什么会在这里呢？一个太平洋南端的，小小岛屿？

因为我想看看世界的壮阔和荒凉，然后埋头用精准的语句写生而为人的寡淡不堪，必须用最简单的字词，在退无可退避不可避时依旧用商量的语气。我还想用平和的语气讲陷入爱河的沉醉迷失。必须用最温柔的词汇，在我们典当灵魂之后给一帖疗伤药剂。因为我们穿越茫茫人海、无边旷野、漫长岁月，来相认。两个人的关系，开阔而闭塞，正如我写下那些故事时置身的机舱，或者汪洋中小小的荒岛。我想说的不仅仅是远行时的孤独或疲惫，我想说的还有于困苦迷惘之中看见的自身，意志的坚忍，本能的不可抑制，相逢的无法预计，景色的美。

离开库克岛的晚上，我的邻桌Ben过来道别。

"这些年你都在做什么呢？"他说没有口音的英语，无从判断他的来历。

"我搜集岛屿。写了一本关于岛屿的书，写了这些年去过的岛屿中，最有故事的十座。然后就是虫咬，晒伤，一些伤疤。我最宝贵的收获就是这些。"

"但有那么多地方可以去，为什么是岛屿？"

"你不觉得那些岛屿的名字都很美丽吗？"我看着夜色中的海洋说："Atiu，Mitiaro，Takutea……"

我们每个人都是孤岛，但不是所有人都会相逢，我们的生活也一样，或许从未存在过真正地互相懂得这件事。就让遥遥守望成为另一种陪伴的方式，在海的深处我们或许依旧紧密相连。你要坚定自己的心才能享受这样的生命本质。

岛不是孤独也不是圆满，它是圆满的孤独。人生，同样如此。

"我最喜欢的一座岛叫Papagu，是promise（诺言）的意思。"Ben说。

Chapter 4
各自坚守，各自自由

"我知道它，在Aitutaki群岛南端，在大溪地至斐济的旧航道被废弃之前，它曾是很多飞行员心目中的救命稻草。"

"所有远行的人，都浪漫得要命。"

"你从哪里来，Ben？"

"我在新加坡出生，所罗门群岛长大，伦敦读书，第一份工作在澳大利亚，主要产业在斐济和日本，持新西兰公民身份。父母离异，父亲定居苏格兰，母亲去了塞浦路斯。"

"你过着海浪间的岛屿人生。"

"是，我四海为家，我没有家。"蜡烛要熄灭了，杯中深红色的葡萄酒还剩下最后一口。

"但是Ben，我喜欢这样说：我没有家，我四海为家。"

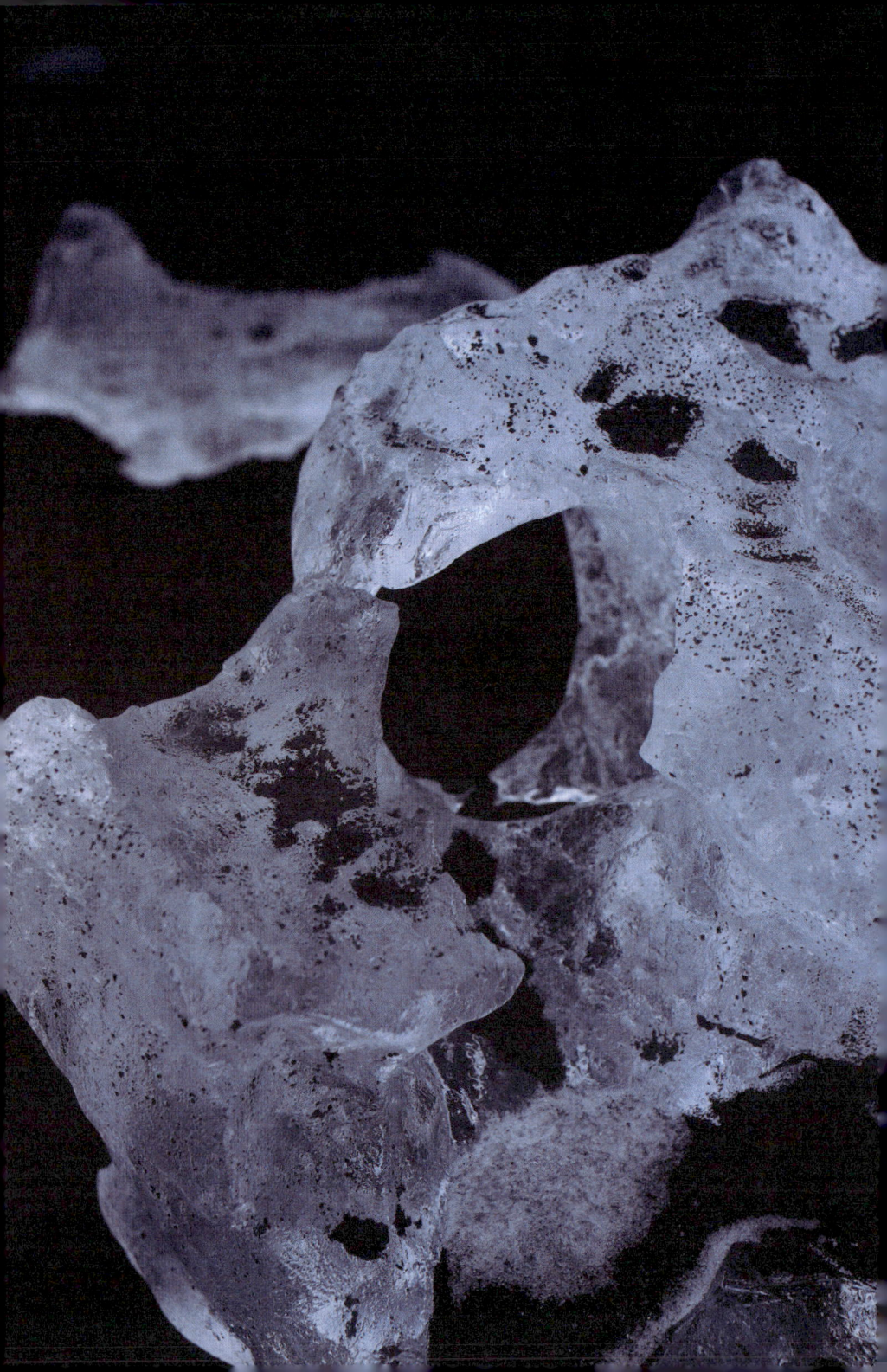

///

孤独是人生中无法避免的事，如同饥饿、如同死亡，

在我看来它们都是中性词，是我们必须要经历的过程，又何必惧怕。

///

生命是一个，你不断追逐寻找，然后一一放弃的过程。

///

我在千万人之中，认出了你。

///

让人感觉孤独的原因很多，好在想要感到满足也不难：

认真去做自己喜欢的事。

///

时间自会给所有的得失找到合理的解释与缘由。

一次次看似迷失的远走成了对生命各种可能的试探。

In Search of the Lost Time

把 你 交 给 时 间

///

痛苦未曾被了解，爱/未曾被学成，因死亡

而远离了我们的/始终未曾透露秘密。

——里尔克

图书在版编目（CIP）数据

把你交给时间 / 陶立夏著. — 长沙：湖南文艺出版社，2016.8
ISBN 978-7-5404-7670-0

Ⅰ. ①把… Ⅱ. ①陶… Ⅲ. ①随笔—作品集—中国—当代 Ⅳ. ①I267.1

中国版本图书馆CIP数据核字（2016）第146360号

上架建议：畅销·文学

BA NI JIAOGEI SHIJIAN
把你交给时间

作　　者：陶立夏
出 版 人：刘清华
责任编辑：薛　健　刘诗哲
监　　制：毛闽峰　李　娜
特约策划：李　颖　刘　霁
特约编辑：王　静
营销编辑：王钰捷　贾竹婷　雷清清
装帧设计：利　锐
出版发行：湖南文艺出版社
　　　　　（长沙市雨花区东二环一段508号　邮编：410014）
网　　址：www.hnwy.net
印　　刷：北京市雅迪彩色印刷有限公司
经　　销：新华书店
开　　本：880mm×1270mm　1/32
字　　数：163千字
印　　张：9
版　　次：2016年8月第1版
印　　次：2016年8月第1次印刷
书　　号：ISBN 978-7-5404-7670-0
定　　价：39.80元

质量监督电话：010-59096394
团购电话：010-59320018